Buchi Emecheta wurde in Lagos, Nigeria, geboren. 1962 kam sie nach England. Sie hat Soziologie studiert und zahlreiche Romane, Fernseh- und Hörspiele und viele Artikel geschrieben.

Buchi Emecheta

Kehinde

Aus dem Englischen
von Christine Steffen-Reimann

Knaur

Dieses Buch wurde auf chlor- und säurefreiem Papier gedruckt.

Deutsche Erstausgabe Mai 1996

Titel der Originalausgabe »Kehinde«

Originalverlag Heinemann, Oxford
Umschlaggestaltung Andrea Schmidt, München
Satz Ventura Publisher im Verlag
Druck und Bindung Clausen & Bosse, Leck
Printed in Germany
ISBN 3-426-65090-8

5 4 3 2 1

Für Ijeoma Camilla
und
Chukwudi Adin

Danksagung

Ich möchte vielen Freunden für dieses Buch, *Kehinde,* danken, doch der Platz läßt es nicht zu.

Mein erster Dank gilt meinen besten Freundinnen, den »Frauen von Pittsburgh, USA« – Brenda, Jackie, Familoni, Jane usw. Wir haben stundenlang über die sogenannte »Verrücktheit der schwarzen Frau« diskutiert.

Ich möchte ebenfalls der Odozi Obodo Evangelical Church in Ibuza, Nigeria, danken. Sie erlaubten mir, aus nächster Nähe zuzusehen, wie die Propheten und Prophetinnen die Stimmen nutzen, die schöpferisch zu ihnen kommen.

Und – last but not least – möchte ich Jane Bryce in Barbados dafür danken, daß sie das Werk in so kurzer Zeit redigiert hat.

Inhalt

Der Brief 1

Albert nahm den Brief. Langsam ließ er sich auf dem Stuhl am Tisch nieder. Seine Hände waren ruhig und kontrolliert. Als er den Brief öffnete, lachte er laut. Seine Familie sah überrascht auf, denn Albert war ein höchst disziplinierter Mann, der sich nur selten den Luxus eines lauten, natürlichen Lachens erlaubte. Etwas Unheilverkündendes zog sich in Kehindes Magen zusammen. Sie hatte die Rückseite des Briefes gesehen. Er konnte nur aus einer Quelle kommen – von Alberts Schwestern in Nigeria. Albert gestattete sich ein mädchenhaftes Kichern. Seine Kinder, Bimpe und Joshua, hörten auf zu essen. Sie sahen sich an, zuckten die Achseln und lächelten dann. Albert, dem ihre Ungeduld nicht entgangen war, verlängerte und genoß die Spannung.

»Von wem ist er?« fragte der vierzehnjährige Joshua und löffelte gebackene Bohnen in seinen Mund. Er konnte es nicht länger ertragen, ausgeschlossen zu sein.

»Es ist ein Brief von Tante Selina und Tante Mary. Sie wollen, daß ich nach Hause komme.«

»Sie wollen, daß du nach Hause kommst? Und was ist mit uns?« fragte Kehinde, die gerade eine Kanne Tee hereinbrachte. »Sie haben es schon so lange angedeutet, und nun haben sie den Mut gefunden, es auszusprechen. Nach Hause kommen, nach Hause kommen, wirklich! Sie vergessen andauernd, daß du Nigeria als junger Mann und Junggeselle verlassen hast und daß du nun Frau und Kinder hast. Nach Hause kommen, einfach so, ja?«

»Du weißt doch, wie die Leute zu Hause sind! Wenn sie ›du‹

sagen, meinen sie uns alle!« erklärte Albert mit einer Stimme, die so leise und versöhnlich klang, daß sie fast nur ein Flüstern war.
»Zählen wir also gar nicht?« schaltete sich Bimpe ein.
»Willst du bitte den Mund halten, junge Dame? Ich rede gerade mit deiner Mutter.«
»Aber sie hat recht«, erwiderte Kehinde, während sie sich schwer auf ihren Küchenstuhl fallen ließ; sie fühlte sich plötzlich müde und eigentlich nutzlos. Ein Aal des Verdachts schlängelte sich tief in ihrem Bauch.
Ihr Heim war ein typisches Ostlondoner Mittelreihenhaus mit einem kleinen Wohnzimmer. Zu der winzigen Küche gehörte eine Vorratskammer, die in ein Eßzimmer umgewandelt worden war, das so klein war, daß, wenn die Familie hier ihre Mahlzeiten einnahm, man sich kaum rühren konnte. Hinten gab es noch einen großen Raum mit einer Glastür, die auf einen kleinen, ungepflegten Garten hinausging. Es war ein Raum, in dem sie bequem hätten essen können, ein Raum, den der Makler als das Morgenzimmer bezeichnet hatte, den die Okolos jedoch das große Schlafzimmer nannten. Dort schliefen Albert und Kehinde. Was sollten sie mit einem Morgenzimmer oder einer Diele anfangen, wenn sie schon vorne ein Wohnzimmer und eine Vorratskammer hatten, die als Küche und Eßzimmer dienten? Durch ihre Aufteilung sparten sie zwei Schlafzimmer oben. Sie vermieteten eines ständig und das andere ab und zu, um sich ein paar zusätzliche Pfund zu verdienen. Immer, wenn Besuch von zu Hause kam, baten sie den zeitweiligen Mieter, der normalerweise ein Student war, auszuziehen. Albert erriet, daß dies nicht der richtige Augenblick war, den Brief zu erörtern. Er stopfte ihn lässig in seine Hemdtasche, zog eine große Show für seine Familie ab, um zu demonstrieren, daß es ihm ziemlich egal sei, was seine Schwestern zu sagen

hatten. Dies hatte den erwünschten Effekt. Kehinde seufzte tief auf und wandte ihre Aufmerksamkeit wieder ihren Kindern zu.
Albert und Kehinde aßen ihren braunen Reis und ihre *egusi*-Suppe. Die Kinder hatten vor kurzem angefangen, sich darüber zu beschweren, wie monoton es sei, jeden Abend braunen Reis und Suppe zu essen, deshalb erhitzte Kehinde, um jeden weiteren Streit im Keim zu ersticken, manchmal, so wie heute abend, gebackene Bohnen und servierte sie ihnen auf Toast mit etwas Tomaten und grünem Salat. Die Eltern dachten, es sei furchtbar, doch die Kinder wußten, was sie wollten. Trotz der Einfachheit mochten sie es. Nachdem sie sich überzeugt hatte, daß ihre Familie glücklich ihre Teemahlzeit verspeiste, sprach Kehinde gekränkt weiter.
»Sie haben es nicht mal für nötig gehalten, zu fragen, wie es uns geht.« Dies war der richtige Moment, um über ihre Kränkung darüber zu sprechen, daß sie von ihrer Schwägerin als nicht existierend betrachtet wurde. »Bei ihnen heißt es immer nur: Komm nach Hause, schick Geld, komm nach Hause. Was gibt es denn in Nigeria? Sind wir hier nicht glücklich? Sie wollen nur eine Gelegenheit, um ihre Nase in unser Leben zu stecken. Komm nach Hause!«
»Nun, sie haben gefragt, wie es uns allen geht. Und sie sagen, daß es in Nigeria einen Ölboom gibt und daß man Arbeit tatsächlich auf der Straße findet. Nigeria braucht uns. Das sagt die Regierung. Sogar die Europäer verlassen ihre Heimat und eilen nach Nigeria. Meine Schwestern wollen nur unser Bestes.«
»Halt die Weißen da raus. Jeder weiß, daß sie an jeden Ort rennen, wo für sie gekochte Yams zum Essen bereitgehalten wird«, erwiderte Kehinde knapp in Igbo.
Joshua sah seine Schwester an. »Laß uns rausgehen. Immer,

wenn sie ihre Sprache sprechen, heißt das, daß sie uns nicht dabeihaben wollen.«
Kehinde, die ihrem Sohn gegenüber nachgiebig war, achtete nicht auf seine Unhöflichkeit, die sie sich als das normale Benehmen eines vierzehnjährigen Jungen erklärte, der gerade zu seiner Identität fand. Sie lachte einfach und fragte: »Wessen Schuld ist es, daß du deine Muttersprache nicht sprichst, wenn du dich weigerst, sie zu lernen?«
»Du meinst, *deine* Muttersprache. Meine ist Englisch. Erinnere dich daran, daß du gesagt hast, daß, als ich geboren wurde, das erste, was du zu mir sagtest, gewesen sei: ›Hallo, Joshua!‹ Ich spreche also die Sprache, die ich als erste gehört habe.«
Kehinde begann das Geschirr abzuräumen. Bimpe stand auf, um zu helfen, und quetschte sich zwischen den Stühlen hindurch. Joshua, der sich ausgeschlossen fühlte, lief lärmend aus dem Zimmer, und bald hörte man durch die Wand den Fernseher. Albert bemerkte, daß es spät sei und daß die Kinder immer noch Fernsehen schauten. Es war ein täglicher Kampf, sie ins Bett zu bekommen; Joshua wollte aufbleiben und das Ende des Fußballspiels sehen; er behauptete, er sei vierzehn und alle seine Freunde in der Schule würden am nächsten Tag über das Spiel reden. »Ich werde wie ein Narr dastehen, Dad, wenn ich keinen Ton dazu sagen kann, nur weil du mich nicht hast aufbleiben lassen, um zu gucken. Denk doch daran, Dad!« Bimpe schloß sich ihm an und bestand darauf, daß sie mit elf Jahren praktisch auch ein Teenager sei und nicht um neun Uhr ins Bett gehen sollte, die Zeit, die sie vereinbart hatten. Albert fluchte leise, sein Gesicht war verzerrt von der Anstrengung, sich zu beherrschen. Beide Kinder schrien wie Armeefeldwebel. Albert ging entschlossen zum Fernsehgerät und schaltete es aus. »Ab ins Bett, ihr beiden. Als ich

in eurem Alter war, hatte ich nicht mal Fernsehen. Ab ins Bett.« Der autoritäre Ton erzielte schließlich Wirkung. Stille trat ein, und die beiden Kinder schlichen ins Bett, ohne gute Nacht zu sagen.

Kehinde schlief schon halb, als Albert ins Schlafzimmer kam. Nach der Szene im vorderen Raum war die Ruhe eine Erholung. »Früh ins Bett? Es ist erst zehn Uhr«, meinte Albert, als er sich seinen Schlafanzug anzog.

»Ich sage dir doch dauernd, daß ich mich schon seit einiger Zeit nicht gut fühle. Ich war mißtrauisch, deshalb war ich heute morgen beim Arzt.«

»Mißtrauisch weshalb?« fragte Albert leise und mit bebender Stimme.

»Ich bin schwanger.«

»Was? Schwanger? Kehinde, bitte setz dich hin und sieh mich an. Wovon redest du?«

»Ich weiß, wie du dich fühlen mußt, vor allem jetzt, wo deine Schwestern plötzlich bemerkt haben, daß sie einen Bruder haben. Jetzt verdienst du genug Geld, hast ein eigenes Haus ...«

»*Wir* haben ein eigenes Haus«, sagte Albert hastig. Der rechtliche Status einer Ehefrau hier in England war ihm nicht unbekannt. In Nigeria gehörte das eheliche Heim dem Mann, selbst wenn die Frau ihr ganzes Leben damit verbrachte, es in Ordnung zu halten. Nie könnte sie ihren Mann bitten, das Haus zu verlassen, wie es hier geschah. Doch Albert wollte keinen Ärger, deshalb sagte er um des lieben Friedens willen: »Unser Haus.«

Tatsächlich war Albert nur realistisch, da Kehinde mehr verdiente als er. Wegen ihre Stellung in der Bank hatten sie eine Hypothek bekommen können. Doch eine gute Ehefrau durfte ihren Mann nicht an solche Dinge erinnern. Wenn Kehinde »dein Haus« sagte, spielte sie die Rolle der »guten«

nigerianischen Frau. Umgekehrt war er, wenn er »unser Haus« sagte, nur vorsichtig, weil er sie nicht aufregen wollte. Nach fast sechzehn Jahren Ehe spielten sie dieses Spiel, ohne nachzudenken.

»Ich bin nicht absichtlich schwanger geworden, um deine Pläne, nach Hause zurückzukehren, zu vereiteln.« Kehinde wollte eine endgültige Auseinandersetzung, doch diesmal weigerte sich Albert mitzuspielen.

»Pläne, nach Hause zurückzukehren? Bei dir klingt das so, als ob ich es heimlich geplant hätte.«

Albert, der sich wie in Zeitlupe auszog, betrachtete Kehinde, als ob sie eine Fremde wäre und nicht die Frau, mit der er seit fünfzehn Jahren zusammenlebte. Warum mußte sie ausgerechnet jetzt schwanger werden! Er setzte sich auf den Bettrand, den Kopf gesenkt. Er suchte nach Trost und erinnerte sich daran, wie sie, als die Kinder noch klein waren und alle in einem Zimmer schliefen, zusammen ihr Gebet sprachen. Wann hatten sie damit aufgehört? Er nahm an, die Kinder mußten rausgewachsen sein, und nun beteten er und Kehinde trotz ihre katholischen Erziehung eben auch nicht mehr. Offenbar hatte die Konversion den traditionellen Glauben ihrer Eltern nicht ausmerzen können. Sie kamen beide aus polygamen Familien – sein Vater hatte zwei Frauen, Kehindes drei. Die irischen Priester, die nicht gewußt hatten, was sie machen sollten, hatten sie alle getauft, da sie es als Chance gesehen hatten, diese »verlorenen Seelen« für Christus zu retten. Urplötzlich kehrten Alberts Gedanken wieder in die Gegenwart zurück.

»Wie ist das passiert? Ich dachte, ich hätte aufgepaßt«, sagte er laut.

»Wie soll ich das wissen, hä? Immer sage ich zu dir, du sollst mich nicht belästigen, wenn ich schlafe. Habe ich dich nicht gewarnt, daß es passieren könnte? Wenn du früher in unserer Ehe in mich kommen wolltest, warst du immer so nett. Du hast dir die Mühe gemacht, mich mit Liebe zu wecken. Jetzt bist du ungeduldig. Du packst meine Brüste von hinten, als ob du dich mir aufzwingen wolltest, und bevor ich weiß, was du willst, bist du schon fertig. Ich weiß nicht mal, ob du ein Verhütungsmittel benutzt oder nicht. Ich hoffe deshalb, du machst es nicht wie so manche nigerianische Männer und behauptest, es sei *meine* Schuld.«

Albert achtete nicht auf ihre Klage über seine sexuellen Gewohnheiten, war jedoch neugierig, herauszufinden, was sie mit ihrer Anspielung auf nigerianische Männer meinte.

»Bist du der einzige, der nichts von der neuesten Methode weiß, Frauen zur Unterwürfigkeit zu erpressen?« gab sie zurück. »Sie sagen: ›Das ist nicht mein Kind‹, und die Frau muß schließlich Geld und Zeit aufwenden, um zu beweisen, daß das Kind wirklich *seines* ist.«

Unwillkürlich mußte Albert kichern. Ja, er kannte ein paar Beispiele. Eine harte Frau konnte von einem Ehemann in die Knie gezwungen werden, indem dieser behauptete, das Kind, das sie trage, sei nicht von ihm, und ihr dann trotzdem vergab. Sie würde niemals bei seinen Leuten den Kopf oben tragen können. Nur sehr wenige würden der Frau ihre Seite der Geschichte glauben, und eine Frau, die wagte, einen Bluttest vorzuschlagen, um ihren Namen reinzuwaschen, wurde als dreist angesehen. Ja, eine saubere Erpressung.

Albert schaltete die Nachttischlampe aus und saß nachdenklich in der Dunkelheit. Er hatte bereits den Entschluß gefaßt, nach Hause zurückzukehren. Es war nur noch eine Frage der Zeit. Nach achtzehn Jahren sehnte er sich nach Sonne, Freiheit, lockeren Freundschaften, Wärme. Wenn er Kehinde auf seine Seite bringen könnte, wäre es leicht, die Kinder dafür zu gewinnen. Er wollte nach Hause und mit seinem neuen Lebensstil, seinem materiellen Erfolg angeben. Er würde Häuser bauen, jemand sein können. Nigeria boomte, und er wollte dabeisein. Und nun diese Störung. Was sollte er nur tun?

Albert war ein dünner, drahtiger vierzigjährige Mann. Kehinde, die nie dünn gewesen war, war nun, mit zweiunddreißig und nach der Geburt von zwei Kindern und Jahren des Genusses von Fish und Chips, mollig. Albert mochte sie so. Er fand dünne Frauen unbefriedigend. Woran sollte ein Mann nachts herumfummeln, wenn da nur eine Bohnenstange war? Nein, man sollte ihm lieber eine mollige afrikanische Frau mit einem dicken Hintern wie Kehinde geben. Er sah in ihre Richtung. »Was sollen wir tun, na?«

»Du fragst mich, was du tun sollst? Bist du nicht länger das Familienoberhaupt? Bimpe ist schließlich zwölf. Sie ist nicht zu klein, um einen Bruder oder eine Schwester zu bekommen, oder?« Kehinde war klar, daß sie mit ihrem Mann weniger formell reden konnte als Frauen wie ihre Schwester Ifeyinwa, die traditionellere Ehen führten. Dies war einer der Gründe für das Unbehagen, das sie früher an diesem Abend empfunden hatte, als Albert den Brief von zu Hause las.

Alberts Herz sank. »Kehinde, was ist mit deiner Beförderung? Und wir haben uns doch gerade erst von den letzten Kindermädchen erholt.« Kehinde war unnachgiebig.

»Was soll ich also tun? Unser Volk glaubt, daß Menschen wertvoller sind als Geld.«

»Das weiß ich doch. Doch unsere Leute haben auch nie in London gelebt, wo die Eltern einen großen Teil ihres Gehalts an Nannies zahlen müssen, damit die sich um ihre Babys kümmern.«

Kehinde saugte an den Zähnen und drehte das Gesicht zur Wand; sie zog die Bettdecke auf ihre Seite. Albert gab auf und ging ins Bett. Er beschwerte sich nicht über die Decke.

Es war zu spät für einen Streit, doch er lag lange Zeit unbeweglich da. Er hatte vorgehabt, sie in bezug auf den Brief zu beruhigen, indem er sie auf die besondere Weise lieben wollte, die sie so mochte. Er hätte ihre Beine gestreichelt, seine Hände wären allmählich höher gewandert, bis seine Finger in ihrem Körper gewesen wären. Mit der anderen Hand hätte er *koto* mit ihren Nippeln gespielt. Ihre Brüste waren warm, voll und weich. Sie hätte gekeucht, und das Spiel der Nacht hätte begonnen. Und dann, wenn sie völlig in Verzückung geraten wäre, hätte sie zugestimmt, daß nach Hause zurückzukehren nicht nur eine gute Idee sei, sondern der beste und einzige Plan für sie.

Doch die Nachricht von der Schwangerschaft hatte alles verdorben. Eine Polizeisirene schrillte in seine Gedanken hinein und warf für ihn die Frage auf, ob es erlaubt sei, mit so hoher Geschwindigkeit zu fahren. Sie könnten schließlich jemand Unschuldigen töten. Er drehte sich hin und her und stellte sich diese Frage.

Kehinde und Moriammo 2

Trotz der Sonne lag Frost in der Luft und ließ Kehinde und ihre Freunde ihre Regenmäntel von Marks and Spencer fester um ihre Körper ziehen.
»Das neue Bankgebäude ist überheizt, *abi*?« bemerkte Kehinde
»Das ist besser, als wenn man friert«, erwiderte Moriammo.
»Ich beschwere mich ja nicht.« Die zwei Frauen, die zusammen in der Bank in Crouch End arbeiteten, gingen schnell zu der Wimpy-Bar, die nur einen Block weit weg lag. Sie bestellten Beefburger und Kaffee.
»Kannst du dich noch erinnern, wie oft wir in den letzten zehn Jahren hier gewesen sind?« fragte Moriammo müßig und biß in ihren Burger. Sie mußten schnell essen, da es Freitag war und sie während der Mittagspause in Eile ihre Einkäufe erledigen mußten. Kehinde war nicht nach Eile. Langsam nippte sie an ihrem Kaffee.
Moriammo beobachtete sie eine Weile und sagte dann mit vollem Mund: »Hey, heute ist Freitag. Wir haben einen Haufen Einkäufe vor uns. Warum kaust du denn klein, klein wie die *oyinbos?*«
»Nich nur *oyinbos* kau'n klein, klein. Tatsächlich kau'n se auch schnell. Haste noch nie diese Frauen da gesehen, wo sie Kohl auf dem Markt verkaufen?«
Beide lachten, doch das Lachen hörte plötzlich, wie auf Kommando, auf.
Moriammo sah Kehinde mit ihren dunkelbraunen Augen, die immer mit schwarzem *tiro* umrahmt waren, unverwandt an.

»Was ist los? *Abi,* Krach mit Alby?«
»Oh, ich weiß nich, Moriammo. Ich hab ihm gesagt, daß ich schwanger bin.«
»Und er is nich glücklich? Diese Männer woll'n nur, daß wir dauernd schön sind.«
»Bitte, hör auf, Moriammo. Deine Stimme macht mir Kopfweh!«
Moriammo wurde nachdenklich, sie kaute langsam und sagte eine Weile nichts mehr. Kehinde war den ganzen Morgen über schnippisch gewesen, wo doch Kehinde und Albert eigentlich glücklich sein sollten, daß noch ein Baby kommen würde. Schließlich war Bimpe jetzt fast zwölf.
Kehinde schob ihren Beefburger zur Seite und sagte: »Tut mir leid, Moriammo. Ich sag nur, manchmal versteh ich den Mann nich, den ich geheiratet habe. Er macht sich mehr Sorgen um meinen Job hier bei der Bank als um das Kleine. Und was noch schlimmer ist: Seine Schwestern haben ihm geschrieb'n, daß er nach Hause kommen soll. Sie sagen, es gibt 'nen Haufen Geld in Lagos, und Jobs liegen auf der Straße.«
»Na, das is doch nicht schlecht, *abi*? Ich will auch heim. Mein Problem is, daß Tunde keine Qualifikation hat. Dieser Mann hat nur Erfahrung darin, ein Ticket für Nigeria Airways auszuschreiben.«
Sie lachten wieder.
»Doch er is 'n guter Mann. Sie werden ihn schon nach Hause versetzen, wirklich, Moriammo. Sie sagen, unsere Naira ist fast soviel wert wie das Pfund. Der Wert steigt einfach jeden Tag.«
»Ich weiß, das seh ich jeden Tag am Umrechnungsschalter. Aber warum seid du und Albert so unvorsichtig, vor allem, wo er nich sicher is, daß er noch 'n Kleines will? Schande

über euch beide. Dies is England, haste das vergessen? Hier sind zwei Kleine genug.«

»Ach, nur Ruhe, meine Freundin. Willste mir etwa sagen, daß du und Tunde es nich auch mal nachts so treiben? Ach, sei ruhig. Wem willste was vormachen? Mir? Meine Sorge is meine Beförderung hier.« Das Lächeln war aus Kehindes Gesicht verschwunden. »Wenn ich dieses Kleine krieg, muß ich fast ein Jahr freinehmen. Ach, all dies *wahala*!«

»Na, na. Nach all dem *wahala*, das du durchgemacht hast, bevor sie zugestimmt haben, dich zu befördern. Dieser Ärger! Wir Frauen kriegen nichts auf der Welt geschenkt! Ich glaub aber, Alby hat recht, wenn er sich Sorgen darüber macht. Aber, hm, du kriegst die Beförderung. Da bin ich sicher.«

»Wo krieg ich die Beförderung, he? Wo? Hier oder in Nigeria? *Abi*, biste denn jetzt taub? Ich sag dir doch, Alberts Schwestern haben geschrieben, daß er heimkommen soll.«

»Was willste denn machen? Willste hierbleiben, wenn Alby zu Hause ist? Willste ihn allein zwischen diesen nigerianischen Acadas lassen? Weißte nich von diesen übergebildeten Frauen, die nach Männern lechzen wie ein kleines Baby nach der Brust? Ich würd es nicht tun? Denk lieber noch mal darüber nach, Freundin!«

»Mein Alby is nich so. Er is anders. Ich würd mein Leben für ihn verwetten«, verteidigte Kehinde ihren Mann. Und sie hatte das Gefühl, die Wahrheit zu sagen, da Albert ihr nie Grund gegeben hatte, sich wegen Untreue Sorgen zu machen.

»Kehinde, ich bitt dich, wach auf; wach bloß auf.«

»Was meinste, Moriammo? Ich sag dir doch, Alby is nich so.«

Ihre Aufmerksamkeit wurde von zwei jungen Frauen mit

sechs kleinen Kindern abgelenkt, die gerade hereinkamen. Die Kinder sahen bedrückt und leidend aus und die Mütter genervt. Es war nicht das erste Mal, daß Kehinde und Moriammo sie sahen.

»Die sind eine Ein-Eltern-Familie. Außerdem obdachlos«, beteuerte Moriammo.

»Ach, woher willste das wissen? Das sind einfach normale Frauen mit arbeitslosen Männern.«

Moriammo schüttelte den Kopf. »Ne, ich hab sie neulich reden gehört. Sie wohnen in dem Bed and Breakfast oben am Crouch Hill. Allah! Ich versteh nich, wie sich manche Frauen in so eine Situation bringen lassen. Warum machen sie keinen Job, und wenn sie einfach nur putzen gehen?«

Eine gedankenschwere Pause folgte, während derer die zwei schwarzen Frauen, die sich in ihren Jobs und ihrem Zuhause gut eingerichtet hatten, die zwei jüngeren Frauen beobachteten. »Und das is auch noch ihr Land. Ich glaub, sie sind einfach faul«, flüsterte Moriammo, die nur sehen konnte, daß die Frauen weiß waren. »Du kennst doch Tundes Cousine Abeke, sie will Soziologin werden. Sie hat mir gesagt, daß manche von diesen Frauen nur Babys kriegen, damit die Regierung ihnen 'ne Wohnung gibt. Schau dir die eine mal an, was will sie mit drei Kleinen, wenn sie selbst noch eines ist?«

»Nun, diese Geschichte hat ein K-Bein, wie wir in Lagos sagen. Los, Schwester, laß uns gehn, wir müssen einkaufen«, sagte Kehinde. »Ich hab das Essen nich angerührt. Meinst du, sie wären beleidigt, wenn ich es ihnen gebe?«

Moriammo zuckte die Achseln. Sie zog ihren Mantel an und zupfte ihr Haar zurecht; dabei tat sie alles, um nicht die beiden jungen Frauen und ihre Familien anzusehen.

»Versuch es nur. Sie werden nein sagen. Frauen wie die haben keine Rassenvorurteile. Sie können sie sich nich leisten.«
Kehinde stand auf. Unsicher ging sie zu der älteren der beiden Frauen. Sie flüsterte: »Ich hab was zu essen bestellt, aber ich hab es nicht angerührt. Ich bin nicht hungrig. Ich erwarte nämlich ein Baby, doch ich bin noch nicht weit. Ich bin gerade im Übelkeitsstadium.«
»Wirklich? Da weiß ich Bescheid. Vielen Dank. Jodiii, bring den Teller her. Die Dame hat ihn uns geschenkt.«
»Die Beefburger und alles? Corrr!« schrie der fünfjährige Jodi, während er auf den Tisch zustürmte, an dem Kehinde und Moriammo gegessen hatten. Er war so unerschrocken, daß alle lachen mußten.
»Du hast deine christliche Tat für heute getan«, bemerkte Moriammo, während sie weggingen. »Armes Kind. Muß auch schwer sein, ohne Mann Kinder in dieser Stadt großzuzieh'n.« Die Natürlichkeit des Kindes hatte offenbar ihr Herz gerührt.
»Ja, und kein Zuhause. Nun, wir arbeiten hart für das, was wir haben. Ich habe nich viel Sympathie für die. Manche Frauen wählen so ein Leben, um zu beweisen, wie hart sie sein können.«
»Komm, Kehinde, keine vernünftige Frau wählt so 'n Leben. Passiert nur aus Versehen oder aus Pech. Nich jede hat in dieser Welt Glück.«
»Ich sag dir, ich hab schon so'ne Frau geseh'n. Sie kommt aus der gleichen Stadt wie wir und hat sechs Gören. Sie hat gesagt, ihr Mann hat sie geschlagen, deshalb hat sie ihn verlassen. Natürlich is der Mann verschwunden. Die Frau lebt nun in 'ner Sozialwohnung – eine von den gefährlichen und dreckigen. Was Alby ärgert, is, daß sie lautstark jeden kleinen Erfolg verkündet, den sie hat, als ob es uns küm-

mert. Neulich hat sie eine Party gegeben, weil sic cinc Nähmaschine gekauft hat. Stell dir nur vor!«
Moriammo lachte. »Nun, Oyibos machen das auch. Ich hab es im *Fiddler on the roof* geseh'n. Das junge Paar hat das ganze Dorf eingeladen, weil sie eine neue Nähmaschine gekauft hatten. Sie nannten sie den Neuankömmling.«
»O Moriammo, sei doch ernst. Alby würde mir nich erlauben, mich mit solchen Frauen abzugeben. Wir haben nix gemein!«
»Aber diese Frau hat auch Herz. Sechs Kleine! Allah *Baba*!«
»Und sie is auch so gebildet. Sie hätte es besser wissen müssen.«
»Vielleicht sind zu viele Bücher schlecht für Frauen. Tunde sagt das oft. Wenn sie nicht so viel *acada* gemacht hätte, wäre sie bei ihren Kindern geblieben. Nun hat der Ehemann alles. Und wenn die Kinder groß sind, werden sie Papa vergeben. Allah, bitte hilf den Frauen dieser Welt.«
»Genau, das wollte ich sagen. Sie sind Affen bei der Arbeit und Paviane beim Essen.«
»Wie is denn der Name von der Frau aus deiner Stadt? Bin nur neugierig.«
»Sie heißt Mrs. Elikwu – Mary Elikwu«, antwortete Kehinde verächtlich.
»Allah, hilf ihr. Eine Frau, die zu dickköpfig is. Sechs Kleine, das is nich lustig.«
An der Tür legte Moriammo eine Hand auf Kehindes Schulter und vertraute ihr leise an: »Weißte, ich versuch, noch 'n Kind zu kriegen. Man weiß nie, vielleicht hab ich Glück und krieg diesmal 'nen Jungen nach meinen zwei Mädchen.«
»Moriammo, alles machste mir nach.«
»Ich weiß. Besser, als eifersüchtig zu sein.«

»Glaubste, daß Tunde einverstanden is?«
»Ich laß ihn einverstanden sein. Mit Gewalt!«
Sie lachten hilflos, während sie die Straße überquerten und den großen Supermarkt vor dem Glockenturm betraten. Moriammo nahm zwei Drahtkörbe von dem Stapel an den Drehtüren und gab Kehinde einen ab.
»Danke, Freundin.«
»Bitte, bitte«, sagte Moriammo, und ihre Stimme klang wie ein Lied.

Alberts Arbeitsplatz 3

Einer der Gründe, weshalb Albert Okolo sich entschieden hatte, in Leytonstone zu leben, war die Nähe zu seiner Arbeitsstelle. Er mußte nur ungefähr fünfzehn Minuten fahren und war schon da. Er konnte tatsächlich einige Minuten, bevor seine Arbeit begann, aus dem Haus schlüpfen, ohne seine Familie zu stören.

Er frühstückte nie, eine Gewohnheit, die er aus Nigeria mitgebracht hatte. Er glitt aus dem Bett, da er Kehinde nicht stören wollte, und fuhr wie ein Automat zur Arbeit. Er war dieselbe Straße, dieselbe Ecke und dieselbe Abkürzung so oft gefahren, daß er die Fahrt mit geschlossenen Augen machen konnte. Bei seiner Arbeit schlüpfte er mechanisch in die Routine seines Jobs als Lagerverwalter.

»Morgen, Alby«, begrüßte ihn sein Kollege Mike Levy.

»Morgen, Mike«, erwiderte er gedehnt. Er mußte den Blick nicht heben; er wußte, wer es war. Ausnahmsweise begann er nicht, sich nach Mikes Gesundheit und der seiner Familie zu erkundigen, eine nigerianische Angewohnheit, die Albert nie abgelegt hatte, nicht einmal nach achtzehn Jahren. Die Frage kam so automatisch, daß Mike unbewußt darauf wartete und sich unwillkürlich mit der üblichen Antwort wappnete: »Es geht ihnen allen gut, zumindest war es so, als ich von zu Hause weggegangen bin.« Und Albert sagte dann als Antwort: »Das ist gut. Wir danken Gott für einen neuen Tag.« Das Fehlen dieses Satzes warnte Mike, daß etwas nicht stimmte. Nachdenklich sah er seinen Kollegen an.

Andere kamen herein, die es, typisch englisch, nicht für nötig hielten, guten Morgen zu sagen, außer Prahbu, ein

Mann, den sie »India« nannten, obwohl er aus Pakistan kam, und der alle Lagerverwalter grüßte und direkt zur Teemaschine ging. Das Geräusch seiner Zehn-Pence-Münzen ließ Albert hochschrecken, und er hob sein schlankes dunkles Gesicht, um Prahbu anzusehen.

»Hey, was is los mit ihm?« fragte Prahbu Mike.

»Wie soll ich das wissen? Warum fragst du ihn nicht? Er ist doch auch dein Freund.«

Sie alle machten sich in dem vollgestopften Lagerhaus an die Arbeit, überprüften, etikettierten, staubten ab, überprüften wieder und stempelten ab. Albert mußte die Zahlen überprüfen und eintragen und sie an den Chef weitergeben, der ein abgetrenntes, boxenähnliches Büro hatte.

»Ich spendiere heute Tee für alle«, verkündete Prahbu in der Frühstückspause.

»Hast du heute Geburtstag?« fragte John, einer der englischen Arbeiter, der nun hellwach und freundlicher war.

»Ne, mir ist nur einfach danach, allen Tee zu spendieren«, erwiderte Prahbu in dem singenden Tonfall, den er manchmal aus Spaß annahm.

»Ich wußte nicht, daß Hindus Tee trinken. Du bist der erste, den ich gesehen habe.« John scherzte wieder.

»Ich bin kein Hindu, das weißt du doch«, sagte Prahbu und lachte. John sagte dies dauernd, seit er bemerkt hatte, daß es Prahbu am Anfang ihrer Bekanntschaft geärgert hatte. Nicht nur das: John bemerkte auch bald, daß, wenn man ihn »India« nannte, dies Prahbu noch mehr ärgerte. Bald jedoch wurde Prahbu schlau und lernte, mit Humor zu reagieren, was Johns Spott den Stachel nahm.

»Was zählt es schon, welche Religion? Gott hat Tee nicht verboten. Was sagt dein Gott, Albert? Du bist Katholik, oder?« Prahbu wandte sich mit seinen Neckereien jetzt Albert zu, der heute morgen viel zu ruhig war.

»Ja, ich bin Katholik, und ich bin dabei, eine Todsünde zu begehen«, erwiderte er.
John verschüttete seinen Tee. »Waaas? Wirst du uns zu Voodoo-Zwecken umbringen?« Albert sah John an und bemerkte plötzlich, daß der leichte Cockney-Akzent, der sie zehn Jahre lang verbunden hatte, immer ausgeprägter wurde, während seine hohe Stirn sich zur Glatze entwickelte. Er hatte immer noch seinen kleinen rosafarbenen Mund, der sich unerwartet zu einem Lachen verziehen konnte, wenn alle anderen schon längst mit Lachen fertig waren.
Albert blieb still. Er mußte privat mit Prahbu reden, Prahbu war sein engster Freund. John holte seine Plastikpfeile heraus und warf sie auf das Bild einer Frau in Bikini, das an der Wand hing.
In der Mittagspause saß Prahbu neben Albert.
»Nun, mein Freund, wo liegt das Problem?«
»Kehinde ist schwanger.«
»O? Was ist also das Problem?«
Albert dachte genau nach, bevor er antwortete. Er kannte den Rat, den er von seinem Kollegen hören wollte, genauso wie er gewollt hatte, daß Mike es billigen würde, daß er vor zehn Jahren seinen Sohn Joshua beschneiden ließ.
»Sie wird bald Abteilungsleiterin sein. Kannst du dir vorstellen, was mit ihrer Beförderung passiert, wenn die merken, daß sie in Mutterschaftsurlaub gehen wird?«
»Pscht«, flüsterte Prahbu und machte eine beschwichtigende Handbewegung. »Sie werden sie zurückversetzen oder ihr sagen, sie solle heimgehen und so viele Kinder kriegen, wie sie will. Hm, solche Jobs sind heutzutage nicht leicht zu finden, vor allem nicht für unsere Leute. Deine Frau hat Glück, sehr viel Glück, diesen Job zu haben.«
»Ja, ich weiß. Genau das meine ich. Ich kann mir nicht

vorstellen, daß sie heutzutage einfach so schnell einen anderen Job kriegt.«
»Aber ihr habt doch schon zwei Kinder, warum also nicht noch dieses?«
Albert zuckte die Achseln. »Dies ist nicht der richtige Zeitpunkt für noch eines. Ich weiß, Abtreibung ist falsch, aber wird sind in einem fremden Land, wo man Dinge tut, die im Gegensatz zu unserer Kultur stehen.«
»Hattest du daran gedacht? An Abtreibung?«
Albert nickte.
»Und was sagt deine Frau dazu? Unsere Frauen können schwierig werden, wenn es um solche Dinge geht. Bei einer weißen Frau ist es leicht, sie würde vernünftig sein.«
»Äh … Ich habe es ihr noch nicht mal gesagt. Aber sie wird tun, was ich sage, wenn auch nach vielen Krächen. Blödes Land, wo man das Geld der Frau braucht, um auszukommen.«
»Ich weiß, was du meinst. In diesem Land regieren die Frauen«, erwiderte Prahbu mit Langmut in der Stimme. »Und Kinder werden als Luxus angesehen.«
Albert nickte. »In meinem Land sind Kinder eine Notwendigkeit. Sie bedeuten ein gutes Alter mit viel zu essen. Und wenn man Enkel hat, respektieren einen die Leute.«
»Da mußt du mir nichts erzählen. Du weißt, ich habe drei Jungen, doch Leila darf nicht wieder schwanger werden, bis ich den ganzen Tag wie sie in unserem Laden arbeiten kann.«
»Wie läuft es?« fragte Albert und legte zum erstenmal an diesem Tag etwas Leben in seine Stimme. Er war immer interessiert an Prahbus beruflichen Plänen.
Prahbu wedelte mit der rechten Hand und genoß die Aufmerksamkeit, die Albert ihm schenkte. »So lala. Auch Rom wurde nicht an einem Tag erbaut.«

Sie hatten alle ihre Träume. Prahbus Traum war es, große Lebensmittelgeschäfte und Zeitungsläden zu besitzen. Mike handelte mit Aktien und Wertpapieren und hatte durch seine Synagoge viele Kontakte. John und die anderen träumten von Ferienvillen in Spanien oder auf Madeira, wo sie leben konnten, wenn sie in Rente waren. Alberts Traum war es, in seiner Heimat ein Häuptling zu werden, doch während die anderen über ihre Träume reden konnten, war Albert schüchtern. Er hatte Angst, daß Prahbu fragen könnte: »Bist du sicher, es ist richtig, wieder nach Afrika zurückzugehen?« Albert wußte, daß ihre Bilder von afrikanischen Häuptlingen aus alten Tarzanfilmen und aus *Sanders of the River* stammten und daß es Zeitverschwendung wäre, seinen Kollegen ein aktuelleres Bild von Nigeria zu vermitteln zu suchen.

Heute erlaubte sich Albert keine Träume. Er war zu beschäftigt mit Kehindes Ankündigung vom Abend zuvor. Er erzählte nicht einmal Prahbu von dem Brief, den er gestern von zu Hause bekommen hatte. Statt dessen fuhr er mit dem Gespräch fort, das sie begonnen hatten.

»Du wirst es schaffen, Prahbu. Deine Leute arbeiten hart.«

»Deine Leute aber auch, mein Freund«, erwiderte Prahbu großzügig. Er gab sich nicht den üblichen Geschichten über seine Zeitungsverteilarbeit hin. Er sah, daß Albert heute ein offenes Ohr und einen Klaps auf den Rücken brauchte.

»Hm, aber deine Leute sind geborene Geschäftsleute«, sagte Albert.

»Ha, ha, ha, und was ist mit den Nigerianern?«

»Du bist zu freundlich, Prahbu.«

»Viel Glück, mein Freund.«

4 Kehinde und Albert

Es war ein lauer Frühlingsabend, frisch und windig, aber nicht kalt. Es war fast sieben, und der Berufsverkehr war vorüber, als sie langsam dahinfuhren und Albert die Fassaden nach der Klinikadresse absuchte. Am Bordstein entlangfahrend, näherten sie sich einer einsamen Frau in einem Minirock aus rotem Leder und mit einem billigen Pelzmantel. Ihre Schritte verlangsamten sich, als sie mit ihr auf gleicher Höhe waren, und sie beugte sich herab, um ins Auto zu spähen. Als sie Kehinde erblickte, richtete sie sich abrupt auf und stolzierte davon; dabei zog sie einen geisterhaften Wurm aus Zigarettenrauch hinter sich her.
Kehinde, die niedergedrückt auf ihrem Sitz kauerte, dachte, daß Albert sie schließlich auf das Niveau dieser Frau gezogen hatte – dieser Prostituierten. Für ihn waren sie gleich, nur Körper, bequeme Vehikel, die, wenn sie eine unbequeme Last wurden, von dieser Last auf dieselbe Weise befreit werden konnten. In Kehindes Gedanken schlich sich dieselbe Stimme, die sie oft hörte, wenn sie einsam oder verwirrt war. »Unsere Mutter ist gestorben, als sie dich bekam. Auch ich bin gestorben, damit du leben konntest. Wirst du nun dein Kind töten, bevor es die Chance auf ein Leben hat?«

Taiwo: diejenige, die mir in diese Welt vorausging. In der Gebärmutter meiner Mutter waren wir zu zweit. Wir hatten keinen eigenen Willen. Wir folgten dem Rhythmus all dessen um uns herum. Unsere Nahrung kam von unserer Mutter, und im Austausch gaben wir unsere Ausscheidungen in das Blut unserer Mutter weiter. Bald ging uns das

Wasser des Lebens aus. Alles wurde zu wenig und zu eng. Wir begannen, lange miteinander zu reden, teilten alles, so gut wir konnten, um zu überleben, und wurden von Tag zu Tag zusammen immer schwächer. Trotzdem gelang es uns, monatelang zu überleben, wir berührten und küßten uns und machten das Beste aus dem vorhandenen Platz. Zusammen kämpften wir gegen die Haut, die uns gefangenhielt. Wir wollten ausbrechen und ins Freie entkommen. Wir wußten nicht, was dort draußen in der Welt auf uns wartete, doch alles war besser als das, was wir hatten. Wir unterhielten uns durch Berühren und durch Geräusche. Geräusche, die nur wir verstehen konnten. Dann eines Tages belagerten wir die Hautwand, die uns umschloß. Frustriert hämmerten und schrien wir; und wir traten und riefen in unserem begrenzten Raum. Erschöpft schlief ich ein. Selbst im Schlaf spürte ich noch das Nachlassen der rhythmischen Bewegungen, an die ich gewöhnt war. Ich tastete in dem jetzt dichter werdenden Wasser um mich herum nach meiner Schwester, doch sie war nur noch ein Klumpen leblosen Fleisches. Ich klammerte mich an sie, weil sie die einzige lebendige Wärme gewesen war, die ich kannte. Ich rief nach ihr, doch es kam keine Antwort. In meinem nun einsamen Grab weinte ich um sie. Keiner hörte meine Schreie. Ich umarmte sie, hielt sie an mich gedrückt, so fest, daß die Nässe ihres Körpers in meinen hineinfloß. Als sie trocknete, hatte ich mehr Platz. Ich wurde größer. Ich überlebte.

Doch ich aß meine Schwester nicht, wie sie von mir behaupteten. Es war nur genug Leben für eine von uns da. Unsere Mutter, die arme Seele, muß durch die Hölle gegangen sein, als sie uns gebar. Ja, ich wollte zuerst herauskommen. Wollte Taiwo, diejenige sein, die die Welt zuerst schmeckte. Ich versuchte, zurückzuhalten, was von meiner Schwester übriggeblieben war, doch selbst ihr faltiges, lebloses Fleisch hatte einen starken, eigensinnigen Willen. Ihr winziger, schrumpliger Kopf kam zuerst heraus. Meine Mutter hatte keine Energie mehr, um mich zu gebären, die ich inzwischen so groß war, wie zwei Babys in einem. Sie schnitten sie auf, und ich, Kehinde, der Zwilling, der nachfolgte, wurde herausgenommen. Meine Mutter und meine Schwester waren tot. Keiner wollte mich. Glücklicherweise kam Tante Nnebogo zu Besuch, und sie holte mich weg von all diesen Leuten, die mich beschuldigten, ein Kind zu sein, das Unglück brachte. Doch Tante Nnebogo nahm das Risiko auf sich, und es zahlte sich aus für sie. Sie nahm mich mit dorthin, wo sie lebte, ins weit entfernte Lagos, wo das Yoruba-Volk glaubt, daß Zwillinge Glück bringen, und ihnen besondere Namen gibt: Taiwo und Kehinde. Sie sagen dort, daß, sobald ich in Tante Nnebogos Leben trat, ihr Fischgeschäft florierte. Sie hatte genug Geld, um ein eigenes Zimmer in der Macaullum Street in Ebute Metta zu mieten. Sie wurde unabhängig und war reich genug, um sich das Begräbnis ihrer Mutter leisten zu können, die gestorben war, als sie noch ganz klein war. Keiner erzählte mir, daß Tante Nnebogo nicht meine Mutter war, denn so nannte ich sie, bis ich elf Jahre alt war. Wenn sie mir als Kleinkind *akara* oder *moyin-moyin* gaben, teilte ich dies in zwei Teile, einen für mich und einen für Taiwo – diejenige, die kam, um für mich das Leben zu schmecken. Ich tat dies, obwohl ich wußte, daß ich ein Zwilling war oder daß ich meine Taiwo ihres Lebens beraubt hatte. Ich redete sogar im Schlaf mit ihr, ohne zu wissen, mit wem ich da sprach. Manchmal wurde Tante Nnebogo ungeduldig und ärgerlich, weil ich alles doppelt machen wollte.

Später erkannte ich, daß sie nicht wollte, daß ich die Geschichte meiner Geburt erfahre. Sie wußte, die Leute würden sich erinnern und sagen: »War das nicht das Baby, das ihrer Mutter und kleinen Schwester Unglück gebracht hat? War dies nicht das Kind, das ihre Brüder und Schwester der Freude beraubte, eine Mutter zu haben? Was machst du mit so einem Unglückskind?« Doch Tante Nnebogo hatte kein eigenes Kind, und sie wollte mich schützen. Sie gab mir sogar einen christlichen Namen: Jacobina, nach Jakob, der in der Bibel den Kampf gegen seinen Bruder Esau gewann. Tante Nnebogo liebte die biblischen Geschichten, die sie an unsere Mondscheingeschichten erinnerten. Sie erzählte mir diese Geschichte so oft, daß ich eine Zeitlang dachte, es sei die Geschichte meiner eigenen Geburt.

Ich glaube, ich war ungefähr fünf Jahre alt, als wir eine *iyabeji* – der Name, den die Yorubas der Mutter von Zwillingen geben – tanzen sahen, wie es diese Mütter tun. Sie kam mit ihren Zwillingen vor den Fischstand, an dem meine Tante Fisch verkaufte. Ich stand hinter dem Stand, saß auf einer Matte, die Füße weit auseinander, und genoß die Kühle der hartgetretenen Erde. Ich aß *iwu-akpu*, das ich mochte, weil es kühl, füllend und wirklich lecker war. Wie immer ließ ich eine Handvoll in der einen Ecke für mein *chi* und in der anderen Ecke für meine Taiwo. Ich schummelte, weil ich *iwu-akpu* sehr mochte, deshalb sagte ich zu Taiwo: »Du bekommst diesen kleinen Bissen, doch ich werde diesen großen Bissen essen, weil ich sehr hungrig bin.«

Die *iyabeji* kam mit ihrem *onilu* und begann das Loblied auf ihre Zwillinge zu singen, teilte uns mit, daß »die Zwillingsmutter euch alle begrüßt«. Ihre Stimme war durchdringend und quälend, und jeder wurde hineingezogen:

»Iyabeji nki yio …
Eru o be mio lati bi 'be ji o …«

Sie sang weiter davon, daß sie keine Angst habe, die Mutter von Zwillingen zu sein, führte die Eigenschaften der Zwillinge auf und betete für den guten Willen aller Anwesenden.

Ich hörte auf zu essen. Die *onilu* trommelte dumpf, und die *iyabeji* tanzte langsam, beugte die Knie und bewegte sich in schönem Rhythmus zum Lied und der Trommel. Die beklemmende Melodie des *ibeji*-Liedes hypnotisierte die Fischhändler. Die Zwillinge, eines vor ihr und eines auf dem Rücken der Mutter, blickten die Leute mit großen unschuldigen Augen an. Mein Blick traf auf ihren und hielt ihn den Bruchteil einer Sekunde fest.

Etwas in mir brach auf wie ein Geschwür. Eine alte Frage, die lange Zeit in mir geschwelt hatte, wurde in diesem Augenblick beantwortet.

Ich krabbelte hoch, warf meine Schale mit *iwu-akpu* um und stürmte auf Tante Nnebogo zu. »Wo ist meine Taiwo – der Mensch, der die Welt für mich schmeckte?« schrie ich. Meine Stimme, die hoch und hysterisch war, übertönte die der *iyabeji.* »Wir waren zwei, oder?« beharrte ich mit der Sicherheit der Erkenntnis.

Iyabeji hörte auf zu tanzen. Alle Augen wandten sich von ihr zu mir. Der *iyabeji*-Trommler lächelte und fragte. »Das kleine Mädchen ist also ein Zwilling?« Tante Nnebogo mußte nicken. Sie war zu Tode erschrocken über die Szene, die ich machte, und hatte keine Zeit, sich eine richtige Antwort einfallen zu lassen. Sie nickte nur wie eine erschreckte Eidechse, die vom Baum gefallen ist. Ich war erst ruhig, als alle am Fischstand Geld, Fische und kleine Geschenke beisteuerten und mich baten, sie zu den Zwillingen zu bringen. Ich liebte es, auserwählt zu werden, um der Zwillingsmutter die doppelte Anzahl Geschenke zu überbringen, zu zwei Zwillingen wie mir zu bringen.

Als die *iyabeji* fort war, fragten alle, wo meine Taiwo sei und warum nicht eine Kopie meiner verlorenen Schwester angefertigt worden war, die ich tragen konnte. Mama Comfort, die Standbesitzerin neben uns, die auch aus unserem Teil von Nigeria stammte, fragte Tante Nnebogo immer wieder: »Wann hast du Zwillinge bekommen? Weißt du, du solltest beim Namen der Zwillinge gerufen werden, sonst können sie zum Unglück werden. Du bist dann ›Zwillingsmutter‹.«

Meine Tante schüttelte den Kopf über die neugierige Frau und legte den Finger an die Lippen. Sie gestikulierte wild, daß sie in meiner Gegenwart schweigen sollten. Ich war nicht zu klein, um das nicht zu merken. Ich wußte schon damals, daß sie ihnen eine Erklärung geben würde. Doch was Mama Comfort dann sagte, klang noch lange in meinen Ohren nach: »Ich dachte immer, wenn sie ihr Essen in zwei Teile teilte, bevor sie es aß, daß sie es ihrem *chi* gebe.« Tante Nnebogo antwortete leise: »Ihr Zwilling und ihr *chi* sind ein und dasselbe.«

Als wir an diesem Tag vom Markt nach Hause kamen, wurde ich krank. Die Leute machten Vorschläge zur Ursache meines Fiebers. Doch Tante Nnebogo war Christin. Als sie mich der unglücklichen Situation entrissen hatte, in die ich geboren war, hatte sie gedacht, sie rette mich aus den Klauen des Aberglaubens. Sie wußte nicht, daß ich zu einem Kind werden würde, das seine Identität nicht sterben lassen wollte. Ich fragte immer wieder: »Wo ist meine Schwester? Wo ist meine Taiwo?« Ich wußte, daß mein Zweitling ein Mädchen war, genauso wie mir niemand erzählen mußte, daß ich als Teil eines Zwillingspaares geboren wurde.

Manche Leute, die es wußten, hatten in unbedachten Augenblicken Hinweise auf meine Vergangenheit gegeben, weil sie das Gefühl hatten, daß meine Geburt eine Katastrophe verursachte, und diese Hinweise waren wohl in mein Unterbewußtsein eingedrungen. Ich nannte Tante Nnebogo »Mama«, weil sie die einzige Mutter war, die ich kannte. Andere Leute nannten sie Mama Jacobina, und sie hörte darauf, doch ich spürte immer, daß sie es nicht zuließ, die Milch ihrer Liebe ungezügelt fließen zu lassen, wie es viele Mütter um mich herum taten. Die meisten Mütter gaben zuviel Liebe und versuchten, das Geliebte zu besitzen. Doch ich wurde von meiner Vergangenheit heimgesucht, so daß Tante Nnebogo mich an den Saum des Rockes ihrer Liebe heftete. Trotzdem bat sie, um mich völlig gesund zu machen, einen besonderen *ibeji*-Schnitzer, für mich meine Taiwo anzufertigen. Sie mußten ihr erzählt haben, mich nun bei meinem richtigen Namen zu rufen, Kehinde, und nach ein paar Jahren hatte ich vergessen, daß ich jemals einen anderen Namen gehabt hatte.

Kehinde wurde von Alberts Stimme in die Gegenwart zurückgerufen. Vorsichtig sagte er : »Es tut mir leid, daß wir dies tun müssen. Wenn wir nach Hause nach Nigeria kommen, kannst du so viele Babys bekommen, wie du willst, das verspreche ich dir.«
Kehinde geriet sofort in Wut. »Was meinst du damit: so viele Babys bekommen, wie ich will? Hast du vergessen, daß sie meine Eierstöcke auch abbinden? Ich meine es ernst mit dem, was ich gestern abend gesagt habe. Wenn ich dieses Kind abtreibe, will ich meine Eierstöcke abbinden lassen. Ich kann mich nicht mehr darauf verlassen, daß du richtig aufpaßt. Und ich will dies hier nicht noch mal durchmachen.«
Albert sah sie besorgt an und wischte ihr die Tränen der Wut und Enttäuschung aus den Augen. Ihm war diese ganze Eierstockabbinderei egal, doch Kehinde hatte das zu einer Bedingung für die Abtreibung gemacht. Er hatte zustimmen müssen. Es gab keine Möglichkeit für ihn, von seinem Einkommen allein für die Heimkehr zu sparen, ganz zu schweigen davon, noch einen weiteren Esser zu ernähren. Er

tröstete sich damit, daß, wenn Ärzte die Eierstöcke einer Frau abbinden konnten, sie sie sicher auch wieder aufbinden könnten, wenn er und Kehinde sich noch ein Kind leisten konnten. »Wenn wir nach Nigeria fahren«, fuhr Kehinde fort, »wenn ich wirklich mit dir komme, werde ich es mir gutgehen lassen. Ich werde nicht dort ankommen und wieder damit anfangen, Babys auszutragen. Wenn ich dies hier nicht bekommen kann, werde ich dort auch keines bekommen. Und vielleicht gehe ich nicht einmal mit dir. Meine Träume, was zu Hause angeht, sind verwirrt. Ich habe keine Vorstellung davon, wonach ich dort suchen soll. Also beeil dich und sag deinen ... Schwestern, was du willst.«

Kehinde war versucht gewesen, seine Schwestern zu beschimpfen, wagte es jedoch nicht. Die Igbo-Frau in ihr wußte, wie weit sie gehen konnte. Sie konnte Albert erzählen, was ihr gefiel, würde aber nicht seine Angehörigen schlechtmachen. Auf jeden Fall nicht ihm direkt ins Gesicht.

Albert beachtete sie nicht; er schrieb ihre Übellaunigkeit der Nervosität vor der Operation zu.

»Ah, da sind wir, Nummer einundsiebzig«, sagte er erleichtert, als sie vor der Tür der Klinik ankamen.

Kehindes Herz schlug schnell, wie Hagel auf einem Blechdach. Sie hatte das Gefühl, eine ungeheuer wichtige Entscheidung zu treffen, und ihre Beine waren wie Gummi, kaum fähig, sie zu tragen. Wenn Albert in diesem Augenblick gesagt hätte: »Laß uns nach Hause fahren, Schatz. Unsere Träume sollten mit unser beider Schicksal verbunden sein, nicht deines und meines getrennt«, hätte sie ihn für den Rest ihres Lebens ehrerbietig geliebt. Doch er sagte es nicht. Wie ein Zombie ging sie zur Haustür. Albert mußte geklingelt haben. Eine Frau in weißer Uniform und mit einem geschäftsmäßigen Lächeln sah sie von oben bis unten an.

»Kommen Sie herein, Mrs. Okolo. Ihr Zimmer ist bereit. Kommen Sie nur herein.«

Der Flur war hoch und riesig. Der Boden bestand aus schönen Fliesen, und ein großer Kristalleuchter hing an der Decke. Rechts wand sich eine Treppe aus Holz und Eisen wie eine Schlange hinauf zum ersten Stock. Links stand ein Tisch, der so poliert war, daß er aussah wie aus Glas. Die Vase mit den gelben Rosen darauf spiegelte sich in seiner Oberfläche. Die Atmosphäre roch nach Geld. Kehinde dachte daran, wieviel sie zahlen mußten.

»Denk daran, wieviel es kostet, heutzutage ein Kind großzuziehen«, hatte Albert erst am Abend zuvor gesagt, und sie hatte ihm beigepflichtet, daß sie sich nicht noch eines leisten könnten. Doch dies hier konnten sie sich leisten. Sie wurde in ein klinisch sauberes Zimmer gedrängt, in dem zwei Einzelbetten standen; ein weicher grüner Teppich lag auf dem Boden, und neben dem Bett stand auf krebsähnlichen Beinen ein Nachttisch. Es gab einen Fernseher mit Videoausrüstung am Fenster, der so raffiniert verdeckt war, daß er aussah wie eine Bühne. Im anderen Bett lag niemand, wofür Kehinde dankbar war.

»Ich werde morgen wiederkommen, um dich nach Hause zu holen, ungefähr um diese Zeit. Nicht wahr, Schwester?« Albert, der bis jetzt mit ihr gegangen war, hatte es eilig, nach Hause zu kommen. Die Frau mit dem geschäftsmäßigen Lächeln fing seinen Blick ein und nickte. »Ja, ungefähr um diese Zeit morgen. Es wird ganz früh am Morgen passieren, aber wir wollen, daß unsere Mütter … unsere Patientinnen ein paar Stunden ausruhen, bevor sie gehen. Sie haben also recht, Mr. Okolo.«

»Ich *bin* eine Mutter. Eine Mutter von zwei Kindern«, sagte

Kehinde schnippisch und völlig unlogisch zu der armen Frau. Albert und die Schwester zuckten zusammen. Die Schwester beruhigte sich zuerst.
»Oh«, ihr teures Lächeln ließ Falten in ihren Mundwinkeln entstehen und entblößte all ihre perlweißen Zähne. »Oh, also liege ich nicht falsch, wenn ich Sie eine Mutter nenne.«
»Und das ist mein Mann«, wollte Kehinde hinzufügen. »Ich bin keine Hure, die auf der Straße arbeitet. Ich bin eine ehrbare Frau.« Doch ihr zitternder Körper hielt sie davon ab. Sie ließ sich auf das ordentlich gemachte Bett fallen.
»Auf Wiedersehen, Mr. Okolo, wir sehen Sie morgen wieder.«
Albert beugte sich herab und gab ihr einen feuchten Kuß auf die Wange. Kehinde spürte, daß es nur eine Show für die zuschauende Schwester war. Küssen gehörte eigentlich nicht zu ihrer Kultur.
»Auf Wiedersehen, K-k, bis morgen.« Albert sah sie zum Abschied noch einmal an, dann ging er eilig zur Tür hinaus.

Ich werde nicht weinen, ich dumme Frau. Zwei Kinder sind genug. Mir ist es egal, ob meine Mutter schon acht Kinder hatte, als sie bei meiner Geburt starb, genauso wie meine Zwillingsschwester Taiwo – die die Welt für mich kostete. Die, die mit Mutter starb. Das kümmert mich nicht. Überhaupt nicht.

5 Noch eine Patientin

Sie mußte geschlafen haben, was sie überraschte. Sie hätte gedacht, daß das Schlagen ihres Herzens das Schlafen unmöglich machen würde. Als sie die Augen aufschlug, sah sie auf die Wand, bemerkte jedoch, daß jemand schniefte.

Eine Gestalt lag auf dem anderen Bett, ihr braunes Haar fiel über das ganze Kissen. Sie war klein und sah jung aus, viel jünger als Kehinde. Kehinde stützte sich auf den Ellbogen auf und sah zu, wie die Schultern der jungen Frau vor krampfhaftem Schluchzen bebten. Schließlich, als sie es nicht länger ertrug, verdrängte sie ihre eigenen Schuldgefühle und ihre Unsicherheit und sagte: »Machen Sie sich keine Sorgen. Am Morgen wird alles vorüber sein.«

Das Schluchzen verebbte und wurde zu einem Schluckauf und zu Schniefen. Kehinde legte sich hin und versuchte, eine der Hochglanzzeitschriften auf dem Nachttisch durchzublättern. Gleichzeitig beobachtete sie das Mädchen. Schließlich drehte sich die junge Frau um, und Kehinde sah ihr Gesicht, das Gesicht eines verwirrten Kindes. Die Gesichter der Weißen werden rot, wenn sie weinen, doch dieses Gesicht war leichenblaß und flach wie Pizzateig mit roten Flecken wie Tomatenpüree. Es ist fast unhöflich, manche Gesichter ohne Make-up in der Öffentlichkeit zu zeigen, als wenn ein Erwachsener nackt auf den Markt ginge.

»Ich muß mich entschuldigen, ich kann einfach nicht anders.«

Die Stimme klang gebildet. Obwohl die Frau jung war, gab es keinen Zweifel, daß sie sich beherrschen konnte, sobald sie etwas sagte. Sie machte deutlich, daß sie sich durch das

Weinen nur ein bißchen hatte gehenlassen. »Bei all dem Geld, das mein Freund zahlen mußte, hätten sie mir zumindest ein Einzelzimmer geben können. Aber wahrscheinlich müssen wir für die gute Lage und die Qualitätsmöbel zahlen.«

»Stimmt.« Auch Kehinde begann nun mit ihrer Bankdirektorassistentinnenstimme zu sprechen. »Ich habe vorher etwas Seelenforschung betrieben und muß wohl eingedöst sein. In den letzten Wochen waren meine Nerven angespannt. Jetzt, wo ich hier bin, bin ich fast entspannt und friedlich. Als ob jetzt alles aus meinen Händen genommen wäre.«

Das Mädchen sagte nichts, sah sie nur an. Kehinde war es egal, allein reden zu müssen. Sie wollte reden, reden war wie beten.

»Ich muß es hinter mich bringen. Mein Mann wird mich umbringen, wenn ich es nicht tue. Aber in mir drin bin ich wirklich durcheinander. Ein Teil von mir will keine Kinder mehr, ein anderer will dieses behalten, nur dieses eine. Ich glaube, weil ich als Zwilling geboren wurde, muß ich die Dinge andauernd abwägen, bevor ich eine Entscheidung treffe. Kannst du das verstehen?«

Das Mädchen nickte. Kehinde wunderte sich über sich selbst; sie vertraute sich einer jungen Frau an, die fast zehn Jahre jünger war als sie. Sie kam aus einer Kultur, in der älter zu sein bedeutete, weiser zu sein, Respekt zu gebieten.

Diese Frau hätte sich an ihrer Schulter ausweinen sollen, und statt dessen redete Kehinde selber schamlos dahin. Die junge Frau schniefte nur.

»Mein Mann und ich werden zurückgehen, heim nach Nigeria. Deshalb wollen wir das Baby nicht. Wir bleiben noch ungefähr ein Jahr hier, deshalb muß ich schwer arbeiten, um noch mehr Geld zu sparen.«

Die Frau setzte sich langsam auf. Sie richtete ihr Kissen her, so daß Kehinde sie genauer sehen konnte. Die Augen waren rotgerändert, als ob sie tagelang geweint hätte. Langsam schob sie ihr braunes Haar aus dem Gesicht zurück. Jede Geste, die sie machte, war langsam und bedächtig. Mit gerunzelter Stirn blickte sie Kehinde an, die sich schuldiger fühlte denn je. Doch sie konnte nicht aufhören. »Wir sind seit achtzehn Jahren hier, weißt du. Mein Mann ist der Erstgeborene, und obwohl wir die ganze Zeit hier waren, müssen wir trotzdem heimfahren. Deshalb wollen wir dieses Kind nicht. Deshalb bin ich hier.«

Die junge Frau legte sich aufs Bett zurück, als ob sie wieder anfangen wollte zu schluchzen. Kehinde hatte das Gefühl, losschreien zu müssen: »Sag etwas zu mir. Es ist mir egal, ob du weiß bist oder jung genug, um meine jüngere Halbschwester zu sein. Nur sag etwas zu mir.« Sie wappnete sich und fragte laut: »Geht's dir gut?«

Die junge Frau nickte, richtete die Decke um sich her und weinte nicht.

Die Schritte der Schwester trappelten auf dem Flur. Sie kam herein und fragte: »Alles in Ordnung, meine Damen?« mit zuckersüßer Stimme. Das Plastiklächeln war unbeirrbar, doch sie sah müde aus. Kehinde konnte eine dünne Linie auf ihrer Stirn sehen und fragte sich, wie alt sie wohl war. Die Schwester gab ihnen einen Nachttrunk.

»Macht das Schlafen viel leichter«, sagte sie fröhlich ins Blaue hinein. Sie war offenbar an Patientinnen gewöhnt, die auf ihre leeren, honigsüßen Worte nicht reagierten. Sie nahm etwas aus ihrer Schürzentasche, was wie ein winziger Taschenrechner aussah, deutete damit zum Fenster und drückte darauf. Die Vorhänge schlossen sich schwirrend. Kehindes Mund öffnete sich, als sie das Wunder sah, das der kleine Rechner vollbringen konnte. Falls ihre Zimmergenossin überrascht war, so zeigte sie es nicht. »Gute Nacht, meine Damen«, sang die Schwester, während sie aus dem Zimmer watschelte. Kehinde schaltete ihre Nachttischlampe aus, zog die Laken hoch zum Kinn und sagte: »Gute Nacht.« Dann fügte sie hinzu: »Man nennt mich Kehinde. Ich kenne deinen Namen nicht.«

Ein langes Schweigen folgte, das schließlich durch die angespannte leise Stimme der jungen Frau durchbrochen wurde.

»Gute Nacht, Kehinde. Danke, daß du mit mir gesprochen hast. Mein Name ist Leah. Ich will mein Baby so sehr, aber ich kann mir nicht leisten, es zu behalten. Ich habe kein Zuhause, ich habe keinen Job, ich habe die Uni abgebrochen, und ich bin nicht mal sicher, daß ich David liebe. Ich will ihn nicht einfangen. Das wäre unfair.«

Nun war es an Kehinde, zu schweigen.

»Das macht mich wütend. Warum bin ich so traurig über alles?«

Leahs Stimme war ein Schrei, der von Herzen kam.

Kehinde wollte so viele Dinge sagen, doch Leah hatte ihr Licht ausgeschaltet. Worte waren sowieso unnötig, da der Schlaftrunk wirkte. Gott allein wußte, was die Schwester mit den Honigworten hineingetan hatte. Was immer es war, es brachte es fertig, Kehindes Mund unfähig zu machen, zu sagen, was ihr Herz dachte.

Der Traum 6

»Es wird nicht schlimm, Mrs. Okolo, nur ein Piekser, und Sie werden nichts spüren.« Spüren ... Angst, die mein Herz umklammert hält. Ohnmacht, Geräusche in meinem Ohr. Kinderstimmen, während wir auf den Straßen spielen, unter den Augen der Brot-, Erdnuß- und Zuckerrohrverkäufer aus dem Hof, die ihre Waren auf dem Bürgersteig feilbieten. Wir spielen Familie. Olu weigert sich, Mutter zu spielen, weil ihre Mutter gestorben, weggegangen ist und Olu und ihren Bruder Akintunde vernachlässigt hat. Jedesmal, wenn wir uns daran erinnern, schweigen wir vor Kummer.
»Nein, nein, Malechi«, sagt das große Mädchen von nebenan. »Olu hat keine Mutter, deshalb kann sie den Vater spielen.«
»Warum sollte sie den Vater spielen, wenn sie kein Junge ist?« frage ich wütend.
»Deshalb. Dies ist eine Spielfamilie, keine echte. Und im echten Leben hat sie keine Mutter«, verteidigt Elofune, Malechis Schwester, Olu, und alle starren mich an.
»Nun, was soll ich dann spielen? Kann ich die Mutter spielen?«
Alle lachen und deuten auf mich. »Nur weil du keinen Vater hast, denkst du, daß eine Familie immer eine Mutter haben muß. Aber es gibt viele Mütter in einem Hof, deshalb kann man eine Familie ohne eine Mutter haben.«
»Ja, aber manche Familien haben auch keinen Vater«, sage ich eigensinnig, und meine Wut wächst, als ich daran denke, daß ich immer noch nicht weiß, wer meine richtige Mutter ist.

»Gut, gut«, erwidert Malechi, die sich fragt, worum dieser Streit, der sich im Kreis dreht, überhaupt geht. »Du, Kehinde, spielst die Mutter, weil du keinen Vater hast, und Olu, du spielst den Vater, weil du keine Mutter hast.«
Wie immer will ich die Sache nicht auf sich beruhen lassen. Ich will weiterstreiten, als ob, je mehr ich streite, sich mir um so wahrscheinlicher das Rätsel meiner Geburt erklären würde. Meine Gedanken sind nicht beim Spiel. Olus Mutter ist gestorben. Wo ist mein Vater, ist er auch gestorben? Ich sehe die Erwachsenen an, doch sie reden untereinander. Mir bleibt nur das vertraute Gefühl der Hilflosigkeit. Der Mond versteckt sich hinter einer Wolke, und die Glühwürmchen werden kühner. Die Hausas, die unten in der Straße wohnen und bis spät in die Nacht Essen von uns kaufen, haben jetzt alles gekauft. Wir sind des Spielens müde und erzählen Geschichten, doch unsere Lieder ersterben in unseren Kehlen. Der Nachtwind ist kalt nach der stehenden Hitze des Tages. Diejenigen, die noch wach genug sind, um auf die Singrufe der Geschichte zu antworten, beantworten sie halbherzig. Wir schlafen allmählich ein. Tante Nnebogo ruft leise: »Kehinde, schlaf noch nicht ein. Bring die nicht verkauften Erdnüsse rein und dann geh in den Hinterhof und pinkel, bevor du reinkommst.«
»Ja, Mama«, erwidere ich. Ich stehe nicht sofort auf, weil unser Zimmer hinten im Haus liegt. Um dorthin zu gelangen, müssen wir am Zimmer des Vermieters und seiner Leute vorbei und über einen dunklen Flur ohne elektrisches Licht gehen.
»Kommst du?« frage ich schläfrig.
»Warum? Hast du Angst vor der Dunkelheit? Nur Hexen haben Angst vor der Dunkelheit.«
Die Feststellung schockiert mich so, daß ich aufwache. An-

dere Eltern zerren oder tragen ihre Kinder nachts herein. Ich will, daß Tante Nnebogo dasselbe tut, als ob sie wirklich meine Mutter wäre. Ich will zeigen, daß ich wie die anderen Kinder im Hof bin.

In unserem Zimmer steigt Dunkelheit auf wie Wasser. Ich bin kühn genug, in ihrem Schutz eine Frage zu stellen.

»Mama, ist mein Papa tot wie Olus Vater?«

»Wer hat dir das erzählt? Dein Vater ist in Sokoto mit deinen Brüdern und Schwestern.«

Ich setze mich hastig auf meiner Matte auf. Ich bin neugierig. »Meine Brüder und Schwestern? Meine?« Meine Stimme bebt. Ich habe also Brüder und Schwestern. »Warum sehe ich sie dann nicht? Warum sehe ich meinen Papa und meine Brüder und Schwestern nicht? Malechi und *Elofunna* und die anderen leben bei ihrer Mama und ihrem Papa, warum lebe ich nur bei meiner Mama?«

Tante Nnebogo gähnt, und ich höre das Bett knarzen. Sie macht es sich für die Nacht bequem.

»Willst du nach Sokoto?«

»Ja!« antworte ich eifrig und mit der Undankbarkeit einer Elfjährigen.

»Bald wirst du deine Familie sehen, wenn du zur Beerdigung deiner Mutter nach Ibusa gehst. Ihr *chi* muß zur Ruhe gebettet werden, bevor deine Schwester heiratet.« Tante Nnebogos Bett hört auf zu knarzen, und ich weiß, sie wird keine Fragen mehr beantworten. Kinder werden nicht ermutigt, direkt mit Erwachsenen zu sprechen. Daß sie diesen kleinen Dialog gestattet hat, liegt nur daran, daß wir allein in unserem Zimmer sind. Früher oder später hätte sie mir von der Reise nach Ibusa erzählt, aber ich höre nun das erste Mal davon und bin immer noch nicht zufrieden. Wer ist meine Mutter?

Diese Frage quält mich.

Der Schlaf hat mich verlassen. Alle meine Sinne scheinen lebendig zu sein, als ob es der Beginn eines neuen Tages wäre. Doch es ist noch dunkel. Ich mache ein genau ausgedachtes Bett für meine Taiwo. Auf einer Seite häufe ich all meine Bettdecken auf und klopfe laut darauf. Dann mache ich eine Mulde in der Mitte und lege sie hinein. Dies ist der einzige bequeme Teil der Matte, doch ich will, daß meine Taiwo ihn hat, damit sie bequem liegen und all mein Gestammel und meine Fragen hören kann. Ich bewege mich geräuschvoll, während ich in der Dunkelheit all diese Vorbereitungen treffe. Ich nehme an, daß Tante Nnebogo nicht schläft, sondern wach liegt und nachdenkt. Ich weiß, ich habe sie verletzt, aber ich will unbedingt meine Brüder und Schwestern in Sokoto sehen. »Warte, bis wir es morgen Malechi erzählen«, flüstere ich meiner Taiwo zu. »Ha, ha, du, die keinen Vater hat und unseren Vater häßlich redet. Wir haben einen Vater. Er lebt in Sokoto.« Ich flüsterte weiter mit meiner hölzernen Taiwo bis spät in die Nacht hinein.

Ich erwache mit einem schwebenden Gefühl. Es ist helles Tageslicht, und ich fühle mich, als ob das Licht mich blind machte. Es bildet einen Tunnel aus Orange, Blau und Rosa, und ich schwebe hindurch. Dabei treibt die Stimme eines Solosängers auf mich zu, begleitet von dem sanften Näseln einer *kora.* Als ich auftauche, sehe ich eine Gruppe Frauen, die weiße, gleitende Gewänder tragen, lächeln und wie zur Begrüßung Palmwedel schwenken. Ich eile lächelnd und winkend auf sie zu. Dann sehe ich meinen Vater. Er ist so, wie ich ihn erinnere, seine Arme zur Begrüßung ausgebreitet, und er drängt mich, zu ihm zu kommen. Plötzlich höre ich einen tiefen, durchdringenden Schrei. Eine Frau, deren Gesicht ich nicht sehen kann, kommt auf mich zu. Sie hält ihren Palmwedel quer über meinen Weg, um mich aufzuhalten. Bei sich hat sie ein kleines Mädchen, das ich sofort erkenne. Meine Taiwo.

»Nein«, sagt sie, »geh zurück. Ich habe diese da.« Die Frau zeigt auf das kleine Mädchen, das nicht lächelt. »Dein Vater kam zu dir, doch du hast ihn zurückgeschickt. Er kam, um sich um dich zu kümmern, weil er sich schuldig fühlte, da er sich das letztemal nicht um dich gekümmert hat. Er will dich bei sich haben, aber du mußt zurückgehen. Du mußt lernen, ohne ihn zu leben.«

Ich versuche, mich an ihr vorbeizudrängen, um zu meinem Vater zu gehen. Plötzlich bemerke ich, wie schrecklich ich ihn vermißt habe. Ich sage mir, daß er es nicht verdient hat, so zu sterben, wie er gestorben ist. Ich muß es wiedergutmachen. Zu meiner Linken wehen immer noch die Palmwedel. Die Musik berauscht mich, macht mich schwindlig.

»Helft mir, sie zurückzuschicken.« Die Stimme der gesichtslosen Frau wird zu einem Jammern. Dann lächelt und winkt das kleine Mädchen; sie formt mit dem Mund einen Abschiedsgruß. Langsam, eine nach der anderen, kommen die Frauen zu ihr, bis mein Weg versperrt ist und mich von meinem Vater fernhält. Ich höre die Stimme meines Vaters, sie ist lauter als die anderen und klagend. Ich höre nie gerne Männer weinen, am wenigsten meinen Vater, an den ich mich erinnere. An meine Mutter kann ich mich nicht erinnern. Doch die Frau dreht sich um, und ich sehe ihr Gesicht, ein vertrautes Gesicht wie das meiner Schwester Ifeyinwa. Sie streckt ihren Palmwedel vor wie einen Speer. »Deine Mutter weigert sich, dich sterben zu lassen! Geh zurück, meine Tochter. Deine Zeit ist noch nicht gekommen.«

»Wach auf, wach auf, Kehinde!«
Kehindes Augen öffneten sich zitternd und konzentrierten sich auf Alberts ängstliches Gesicht. Neben ihm stand Moriammo, deren Gesicht Sorgen ausdrückte. Sie beugte sich vor und sagte beruhigend: »Alby sagte, er wolle dich abholen, deshalb hab ich als deine Freundin gesagt, ich komm auch. Jetzt bin ich hier. Und was find ich, he? Du schreist nach deinem Papa! Wach auf, Schwester, laß uns heimgehen!«
Kehinde, deren Geist nur widerstrebend aus der anderen Welt zurückkehrt, stammelt: »Ich sehe nur meine Mama und meinen Papa.«
»Deine Eltern sind doch seit Jahren tot? Wach jetzt auf, bitte!«
»Du hast viel Blut verloren«, sagte Albert leise mit einem Hauch von Schuldbewußtsein. Beide Frauen sahen ihn an, so daß er einen Augenblick lang verwirrt war. »Schaffst du es?« fragte er, um die Aufmerksamkeit von sich abzulenken. Es war offensichtlich, daß er die Operation bereute.
»Natürlich schafft sie es. Warte nur draußen, *oga.*« Moriammo übernahm nun und half Kehinde, sich anzuziehen. Sie war ein wenig zittrig auf den Beinen. Sie schaute auf das andere Bett, doch es war leer. Leah war fort.
Kehinde sprach stoßweise mit Moriammo. »Das Kind, das ich einfach so weggespült habe, war das *chi* meines Vaters, das wieder zu mir kam. Doch ich weigerte mich, es in meinem Körper wohnen zu lassen. Es war ein männliches Kind.«
Moriammo sah Kehinde an, die erkennen konnte, daß sie besorgt war. Sie bemühte sich sehr, sich das Richtige einfallen zu lassen, was sie antworten könnte. Ihre Stirn legte sich in Falten, und sie leckte sich die Lippen. Sie beugte sich

zu Kehinde und sagte: »Mach dir keine Sorgen, Schwester. Dein Vater wird wiederkommen. Wenn nich' zu dir, kommt er sicher zu Bimpe als dein Enkel. Denk immer dran.«

Im Auto fuhren sie schweigend, bis sie Moriammos Haus erreicht hatten. Als sie ausstieg, sagte sie: »Paß auf dich auf, Schwester. Ruh dich aus.«

Als Albert das Auto anließ, drehte sich Kehinde impulsiv zu ihm um.

»Albert, hat man dir gesagt, welches Geschlecht das Baby hatte?«

»Hm, es war kein Baby. Es war ein Embryo, das ein männliches Kind hätte werden können.«

»Und eines Tages ein Mann«, fügte Kehinde hinzu. Albert schwieg taktvoll. Das Schweigen war so lang und gereizt, daß Kehinde wußte, Albert trauerte. Sie wollte mehr herausfinden. »Wenn du gewußt hättest, daß es ein Junge war, hättest du mich es dann auch abtreiben lassen, Albert?«

»Du willst nur Streit, und ich bin nicht in Stimmung dafür. Was geschehen ist, ist geschehen.«

»Du hast meine Frage nicht beantwortet, Albert. Du dachtest, das Kind sei ein Mädchen, nicht wahr? Aber ich wußte, es wäre ein Junge gewesen. Das *chi* meines Vaters wollte zu uns kommen. Es wollte als mein Kind kommen, um auf mich aufzupassen. Ich sah sogar Taiwo und meine Mutter.« Albert blickte sie scharf an, doch anstatt zu sprechen, machte er Musik an.

Nie zuvor hatte er es abgelehnt, Kehinde zu trösten, wenn sie es nötig hatte. Sie fühlte sich wie ein Boot, das in einer stürmischen Nacht, vom Wind gepeitscht, dahintrieb. Albert konnte ihr nicht helfen. Wie sollte er auch? Sie war allein, auch wenn man sagte, daß die Ehe aus zwei Menschen in einem bestehe. Es konnte für ihn nicht dasselbe bedeuten, daß das Kind, das sie gerade weggespült hatte, ihr zurückgekehrter Vater war. Alberts Phantasie konnte ihn nicht so weit tragen. Sie sah Albert an, als ob er ein neuer Mensch wäre; sein Profil zeichnete sich deutlich gegen das Autofenster ab. Er hatte ihr nichts zu bieten.

Die Party 7

»Abschiedsparty?« fragte Prahbu und legte den Kopf schief, eine Angewohnheit, die seinem Zuhörer den Eindruck von Gleichgültigkeit vermittelte. Doch das täuschte, denn hinter seiner goldgeränderten Brille blitzten seine Augen vor Fröhlichkeit und Bosheit. Er liebte es, seine Freunde an dem einzigen halben freien Tag zu besuchen, den er sich und seiner Frau gestattete. Obwohl er und seine Frau Leila Moslems waren und ursprünglich aus Pakistan stammten, waren sie sehr liberal. Sie waren Londoner Moslems, die zu einem Tröpfchen Alkohol nicht nein sagten.

Prahbu wußte genau, warum Albert die Party gab, und wünschte mit aller Kraft, daß er ihn davon abhalten könnte. »Du kannst deine Meinung noch ändern. Du kannst ihnen noch sagen, daß du deinen Job wiederhaben willst«, sagte er hoffnungsvoll. Alberts Profil war vor dem Fenster ein gemeißeltes schwarzes menschliches Abbild gegen das grau werdende Licht. Doch sein Lächeln war müde und leer. »Du meinst, ich sollte meine Rente zurückgeben und meine Kündigung zurückziehen, Prahbu?«

Albert fehlte es nicht ganz an Humor. »Unsere Kultur in Nigeria legt großen Wert auf die Heimat. Die Yorubas sagen: *Ori oye ki sun ta* – der Kopf des Erben schläft nicht draußen, und das heißt, daß der Erbe immer auf dem Besitz des Vaters beerdigt werden muß.«

Prahbu rollte seinen Kopf von einer Seite auf die andere und meinte: »Ich weiß, ich weiß. Aber das war vor langer Zeit. Angenommen, der Erbe zöge in den Krieg und würde dort sterben, hä? All diese Dinge waren sehr schön, nostalgisch und romantisch. Doch in Wahrheit sind sie nicht mehr praktisch. Du mußt pragmatisch denken.« Prahbu zeigte seine Handflächen, als ob die Antwort auf alles Unpragmatische darin läge.

»Aber ich will zu der Lebensweise zurückkehren, die mein Vater hatte, ein Leben, das für Männer vergleichsweise leicht war, bei dem Männer Männer waren und Frauen Frauen und man als jemand respektiert wurde. Hier bin ich niemand, nur ein Lagerverwalter. Ich bin es satt, auf meine Frau zu hören und ihr nachzugeben. Die einzige Alternative besteht darin, in den Pub zu gehen, doch zwischen all den betrunkenen Weißen zu stehen ist keine Lösung. Nein, zu Hause zu sein ist besser. Dort kann ich auf der Veranda trinken, und die Leute, meine Frau eingeschlossen, werden mich achten.«

Albert erinnerte sich an das Bild seines großen, sich langsam bewegenden Vaters, wie er war, als Albert in Lagos aufwuchs. Sonntags pflegten sein Vater und seine Freunde *agbadas* anzuziehen, die ihre Frauen während der Woche gebleicht und gestärkt hatten. Sie gingen von Haus zu Haus, besuchten Freunde, tranken Palmwein, aßen Kolanüsse und getrockneten Fisch. So blieben sie in Kontakt mit Freunden und Verwandten, hielten sich auf dem laufenden über alle Neuigkeiten und gaben sich ein wenig der Entspannung hin.

»Doch die Leute sagen immer, ich sei verwestlicht.« Albert lächelte gequält. Tatsächlich spielte er perfekt die Rolle des Igbo-Familienvaters in London. Doch er war alles andere als zufrieden mit den Einschränkungen dieser Rolle. Kehinde verstand das nicht, doch seine Schwestern schon. Kehinde würde es lernen müssen, wenn sie nach Hause fuhren, wie sie sich zu benehmen hatte. Hier war sie ganz von sich überzeugt, spielte die Rolle einer weißen Frau aus der Mittelschicht, vergaß dabei, daß sie nicht nur eine Schwarze, sondern eine Igbo-Frau war, nur weil sie in einer Bank arbeitete und mehr verdiente als er. Viele Frauen arbeiteten zu Hause in Banken, doch sie ließen es sich nicht zu Kopf steigen. Albert liebte Kehinde auf seine Art, doch er brauchte Platz zum Atmen. Wie sich Kehinde sehr wohl bewußt war, lebte hinter dem Panzer der Verwestlichung der traditionelle, starke Igbo-Mann, der auf eine Gelegenheit wartete, sein Geburtsrecht einzufordern.

Prahbu jedoch blieb, obwohl ihm die Privilegien des traditionellen Mannes wohlbekannt waren, skeptisch, was ihre Bedeutung für Männer wie ihn selbst und Albert anging. Er wandte ein: »Ich weiß, was du meinst, aber diese Art Leben ist hier nicht möglich, in einem Land, wo eine Frau Königin ist und wo es so aussieht, als würden wir bald eine Premierministerin haben. Der Ärger beginnt, wenn Frauen gebildet werden, und jetzt ist es zu spät, daran noch etwas zu ändern.«

»Ja, aber ich will mehr«, beharrte Albert.

»Ach, Ehrgeiz, Ehrgeiz«, sagte Prahbu wissend und öffnete seine Arme zu einer weltumfassenden Umarmung. »Nun, du hast jetzt die Mittel mit deiner Rente und dem Geld, das du aus dem Verkauf eures Hauses bekommst.«

»Ich werde das Haus nicht gleich verkaufen. Die Rente – nun, sie sind sehr großzügig gewesen. Einen Teil werde ich dafür verwenden, das Auto und ein paar andere Dinge in einem Container zu verschiffen, doch das wird erst nach der Abschiedsparty sein. Ich werde zwei Wochen nach der Party abfahren.«

»Geht deine Frau nicht mit dir?«

»O nein«, erwiderte Albert lachend. »Das wäre eine Katastrophe. Wir müssen in der Reihenfolge zurückgehen, in der wir nach London gekommen sind.«

Prahbu konnte seine Neugier nicht verbergen. Albert war

gerne bereit, den Plan für seinen Umzug und den seiner Familie aus London zu proben.

»Lagos ist wie London, weißt du. Es ist schwer, eine Wohnung zu bekommen. Wenn das erledigt ist, muß ich einen Job finden und dann nach einer Schule für die Kinder suchen. Meine Frau wird bleiben, um das Haus zu verkaufen.«

»Ah«, meinte Prahbu lachend. »Aber deine Frau kam nach London, bevor deine Kinder geboren wurden, deshalb sollte sie vor ihnen gehen.«

»Weißt du, was dein Problem ist, Prahbu? Du bist zu genau. Du und Leila werdet doch zu der Party kommen?«

»Natürlich kommen wir. Wird es eine von den nigerianischen Partys werden, wo Gastgeber und Gastgeberin alle Stunde ihre Kleidung wechseln und alle Gäste dann Geschenke bekommen?«

Albert gestattete sich ein fast zügelloses Lachen. »So machen wir es sicher in Lagos.«

»Muß eine Menge Geld kosten.«

»Geld soll ausgegeben werden, Prahbu. Und man kehrt nicht jeden Tag nach fast achtzehn Jahren in London in seine Heimat zurück.«

Abgesehen von Prahbu, lud Albert seine weißen Kollegen, seinen Chef und die Teedame ein. Sie alle nahmen die Einladung freudig an und versprachen zu kommen. Er bemerkte, daß die Weißen sich geehrt fühlten, eingeladen zu sein, während die Menschen in Nigeria das Gefühl haben, daß, wenn sie zu einem Fest kommen, sie die Gastgeber damit ehren. Deshalb ist der Gastgeber dankbar, wenn seine Einladungen angenommen werden. So war es in Alberts Fall, vor allem, da er die Angewohnheit pflegte, bei der Arbeit sehr wenig zu sprechen.

Tatsächlich beneidete er Kehinde und Moriammo um die

Spontaneität ihrer Beziehung. Sie hatten nie Angst davor, Fehler zu machen, und sie schienen sich sehr schnell zu verzeihen. Wo konnte er einen Mann finden, mit dem er so reden konnte?

Viele ihrer Freunde und Bekannten kamen auf die Party. Kehinde, Moriammo und Amaka, die Freundin des Untermieters, arbeiteten schwer. Amaka, die erst kürzlich aus Nigeria zu ihrem Freund, Oseloke, gekommen war, war ein Juwel. Sie schien überall gleichzeitig zu sein, öffnete den Gästen die Tür, holte Getränke oder beruhigte ein kleines Kind. Sie würde Oseloke eine gute Frau sein.

Albert lief umher und mixte Drinks, kümmerte sich um die Musik und nahm die Glückwünsche seiner Freunde entgegen. Viele seiner Kollegen verstanden nicht, warum er beschlossen hatte, einen sicheren Job aufzugeben und zurückzugehen, nachdem er fast fünfzehn Jahre Arbeit in denselben Betrieb gesteckt hatte. Doch die meisten seiner Landsleute, die in England lebten, verstanden ihn, und manche betrachteten ihn sogar neidvoll. Das Bild von dem Leben, das er zu Hause führen würde, war in ihrer Phantasie sehr lebhaft: Es sich in einem großen, luftigen weißen Bungalow mit weißen Veranden gutgehen zu lassen, dessen Auffahrt von Palmwedeln beschattet wurde, lockeres Lachen und mehr Freunde, als man zählen konnte. Das Land schwamm buchstäblich in Öl, und Öl bedeutete Geld. Glückliche Okolos.

Kehinde enttäuschte ihre Freunde nicht. Im Lauf des Abends zog sie sich zehnmal um, um ihren Wohlstand vorzuführen und das Ego des Hausherrn zu heben, wie es die Frauen reicher Männer in Nigeria tun. Albert, der wie Kehinde in Lagos aufgewachsen war, liebte es, teuer gekleidet auszusehen. Er war mit seinem Rentengeld verschwenderisch umgegangen und war so aufgeregt, daß die Worte förmlich aus ihm hervorsprudelten: »Laß es die Party des Jahres werden, K-k. Ich bin sicher, daß ich einen Job finde, sobald ich zu Hause bin. Vielleicht brauchen wir mit dem Geld aus dem Hausverkauf nicht mal mehr zu arbeiten. Der Lebensstandard ist nicht so hoch wie hier, aber ich werde trotzdem arbeiten.«

»Es kommt mir wie gestern vor, daß wir hier ankamen«, hatte Kehinde vorsichtig erwidert. »Wir hatten nichts als unsere Jugend und unsere Begeisterung, und jetzt – sieh uns an. Unser glänzender Jag, der vor unserem eigenen Haus geparkt ist, unsere Kinder … oh, manchmal habe ich Angst, daß wir die Dinge überstürzen und es in Nigeria nicht so schnell schaffen werden wie hier.«

»Natürlich schaffen wir es in Nigeria. Es ist unser Land, oder etwa nicht? Einer der Gründe, warum ich vor dir hinfahre, ist, daß ich für uns eine gute Wohnung finden will, die zu unserem neuen Image paßt. Wenn wir alle zusammen fahren, hieße das, daß wir bei Verwandten hocken müßten, und ich kann mir nicht vorstellen, daß dir das gefällt.«

Kehinde schüttelte den Kopf. Das würde ihr wirklich nicht gefallen.

Kehinde ließ Albert nicht im Stich. Sie erfreute ihre Gäste mit der ganzen Skala traditioneller nigerianischer Stile und Stoffe, von Guinea-*boubou* bis *aso-oke* und *buba,* und bis zum Igbo-Spitzenkittel, *dem lapp,* und schließlich der weißen Festtagstracht der Igbo, *otu-ogwu.* Diese bestand aus einem Tuch, das sie sich unter den Achseln um ihren Körper schlang und ihre Schultern freiließ. Kostbare Korallenperlen schmückten Hals, Haar und Ohren. Die Tracht sollte ihre Stellung als erste Frau des ersten Sohnes und als Mutter eines Sohnes betonen. Kehinde genoß die Bewunderung, die sie hervorrief.

Unter den Gästen war auch Mary Elikwu, die eine ehemalige

Freundin von Albert und Kehinde war. Mary hatte vor kurzem ihren Mann verlassen, weil, wie sie behauptete, er sie schlug. Sie hatte ihre sechs Kinder mitgenommen. Für die Männer in ihrem Kreis war sie eine Sehenswürdigkeit, für die Frauen eine Art Herausforderung. Für Kehinde war sie eine gefallene Frau, die keinen Sinn für das hatte, was sich schickte. Kehinde wollte schon »vergessen«, sie einzuladen, doch Albert hatte die Party bei einem Igbo-Familientreffen angekündigt. Als Mary Elikwu sich Kehinde auf der Party näherte, erstarrte diese. Mary, die einen Universitätsabschluß hatte und bekannt dafür war, daß sie etwas dagegen hatte, sich übertrieben anzuziehen, fingerte an den Korallperlen herum. Sie sagte: »Man könnte meinen, du würdest gerade heiraten.«
»Was hättest du getan, wenn dein Mann sie dir geschenkt hätte? Hättest du sie nicht getragen?« Kehinde riß die Augen weit auf und musterte die andere von oben bis unten. Kehinde dachte, daß Mary Elikwu in ihrem einfachen weißen Marks-and-Spencer-Kittel und einem nicht mehr modernen George-*lappa* lächerlich aussah. Diese Unverfrorenheit! Sie fragte sich wieder, warum Albert sie eingeladen hatte – eine Frau, die sich weigerte, an ihrer Ehe zu arbeiten.
Mary Elikwu war überrascht über Kehindes Reaktion. Sie hatte ihr ein Kompliment machen wollen, doch sie lernte zur Zeit sehr schnell, daß eine Frau, die ihre Ehe aufgab, schnell an den Rand gedrängt wurde, selbst von denen, die sie und ihr Mann immer als enge Freunde angesehen hatten. Sie hörte sich selber sagen: »Tut mir leid, Kehinde. Ich habe es gut gemeint, glaub mir. Es sind schöne Kleider.«
»Mrs. Okolo bitte«, erwiderte Kehinde schnippisch und reckte ihren ziemlich kurzen, dicken Hals, so weit es ging, um ihre Korallenperlen im besten Licht zu präsentieren.
»Oh, aber du kannst mich Mary nennen«, drängte Mary

Elikwu, anstatt wegzugehen und ihr Gesicht in einer Ecke zu verstecken, wie Kehinde es vorgezogen hätte. »Im Beruf benutze ich den Namen meines Mannes nicht mal. Ich nenne mich lieber Jackson.« Mary schien nicht zu bemerken, daß ihre Versuche, Kehinde milder zu stimmen, sie nur noch wütender machten. Ihre letzte Bemerkung hatte sie ihr nun völlig entfremdet. Was ist nur los mit dieser Frau? fragte sich Kehinde. Will nicht Mrs. genannt werden, wo doch jede nigerianische Frau für diesen Titel stirbt. Selbst Professorinnen oder Ärztinnen oder Direktorinnen nennen sich immer noch »Frau Professor« oder »Frau Doktor«. Diese Frau muß verrückt sein. Ist sie denn größer als sie alle? Ich verstehe sie nicht.

»Mrs. Okolo, Mrs. Okolo«, rief Amaka aus der Küche. »Bitte, ma, kommen Sie und sagen Sie mir, wie Sie dieses *moyin-moyin* serviert haben wollen.«

Kehinde eilte an Mary Elikwu vorbei in die Küche und saugte dabei an ihren Zähnen. Die Frau muß eifersüchtig sein, sagte sie sich und war froh über die Erklärung. Trotz all ihrer Qualifikationen war sie, Kehinde, mehr wert als eine Frau wie Mary Elikwu, die nicht mal ihren Mann halten konnte. Kehinde war noch in ihrem *oto-ogwu,* als sie an der Tür stand und Albert ihre Hand hielt wie bei einem westlichen Paar. Auf einem Stuhl in der Nähe stand ein großer Korb mit schön eingewickelten Geschenken für die Gäste. Kehinde griff mit der freien Hand in den Korb und gab jedem, der ging, ein Päckchen. Manche bekamen Pyrexteller, andere eine Langspielplatte oder eine Flasche teuren Wein. Jeder nahm etwas mit nach Hause, als ob sie auf einer richtigen nigerianischen Party wären.

Als letzte gingen Moriammo und ihr Mann Tunde, die immer noch ihren offiziellen Gesichtsausdruck zeigten, als sie sich verabschiedeten. Wie viele Afrikaner in London hatten sie im Lauf der Jahre gelernt, den Leuten genau das zu sagen, was sie hören wollten, und es war ihnen zur zweiten Natur geworden. Als sie die Tür schlossen, bückte sich Kehinde, um ihre Schuhe auszuziehen. Sie waren teuer und aus handgemachtem Wildleder, doch sie taten weh. Sie war keine schlanke Frau und hatte den ganzen Abend gestanden. Trotzdem war Kehinde der Schmerz egal, da der gewünschte Effekt erzielt worden war.

Albert war entzückt über sich, seine Familie und die Party. Er breitete die Arme aus und forderte sie munter auf: »Komm in meine Arme, Mrs. Kehinde Okolo.« Er fing Kehinde auf und begann mit ihr zu tanzen, dazu sang er Bonnie Macks Hit »My sweetie, my sugar«. Dies kam so unerwartet, daß Kehinde die Schuhe fallen ließ, die sie gerade ausgezogen hatte.

»Stimmt alles mit dir, Alby? Beherrsch dich. Die Kinder sind oben, oder hast du sie vergessen? Ich werde erst mal die Gläser einsammeln, bevor ich schlafen geh.«

»Laß das doch. Komm jetzt, kleine Frau.«

Albert schob sie in ihr Schlafzimmer. Kehinde war zu erschöpft, um Widerstand zu leisten, kaputt davon, eine gesellige Maske tragen zu müssen, Unsinn zu reden und Gastgeberin zu spielen. Sie bemerkte, wie leicht Alberts Berührung war, wie spielerisch und wie ungeduldig er war. Er tat gar nicht erst so, als wolle er sie zuerst befriedigen. Er war sehr selbstsicher, wie ein kleiner Junge, der gerade aus der Schule kam. Bevor sie anfangen konnte, Lust zu empfinden, war er schon fertig und eingeschlafen.

Obwohl ihr Körper erschöpft war, war Kehinde zu aufgedreht, um einzuschlafen. Sie lag in der Dunkelheit und dachte über die Veränderung nach, die Albert befallen hatte; sie erinnerte sich an ihre frühen gemeinsamen Tage. Anders als viele nigerianische Männer, hatte er sich leicht den kulturellen Forderungen Englands angepaßt. Er war 1960 nach England gekommen und hatte Kehinde ein Jahr später nachkommen lassen, als sie achtzehn Jahre alt war und in einer Bank in Lagos arbeitete. Als sie nach England kam, bekam sie wieder einen Job in einer Bank. Durch Fortbildung im Unternehmen stieg sie in etwas mehr als zehn Jahren von der Kassiererin zur stellvertretenden Leiterin auf. Auch Albert stieg auf.

In diesen Jahren bekamen sie auch Joshua und Bimpe. Kehinde hatte gesehen, wie ihre Schwester Ifeyina lebte, und sie wußte, wie ihre Mutter gestorben war, und selbst die Nachricht vom Tod ihres Vaters berührte sie nicht lange. Genauso hatten Nachrichten von wachsender Gewalt und wiederholten Staatsstreichen in Nigeria wenig Eindruck auf sie gemacht. Sie nahmen an, daß sie schließlich heimkehren und ihr eigenes Haus in Ibusa, ihrem Heimatdorf, bauen würden.

Kehinde konnte nicht genau den Zeitpunkt festmachen, von dem an Alberts Schwestern angefangen hatten, Einfluß auf ihre Ehe auszuüben. Ihre Briefe und die Zeitungen schienen voll von Nigerias Ölboom zu sein, doch was Kehinde betraf, ging es ihnen gut in London, und sie hatten keinen Grund, zurückzugehen. Sie liebten Partys und fuhren oft mit dem alten Jaguar herum, den Albert jeden Freitagabend wusch und polierte. Wenn sie auf dem Beifahrersitz neben Albert saß und die Stereoanlage im Auto Sunny Ade oder Bob Marley spielte, machte sich Kehinde keine großen Sorgen darüber, was in der Welt geschah.

Kehindes Gedanken kehrten abrupt zurück in die Gegenwart. Sie war sich bewußt, daß sie sich wegen Alberts neu gefundenem Selbstvertrauen unbehaglich fühlte, und widerstrebend fragte sie sich, wie Mary Elikwu allein zurechtkam. Sie hatte so schwer für die Party gearbeitet, bald nachdem sie zugestimmt hatte, abzutreiben und das Haus zum Kauf anzubieten, daß sie das Gefühl hatte, mehr Rücksicht zu verdienen, als Albert ihr schenkte. Sie hatte gehofft, daß all die Zugeständnisse, die sie gemacht hatte, sie einander näherbringen würden, doch statt dessen hatte sie das Gefühl, daß Albert ihr wie schmelzendes Eis entglitt. Es sah aus, als ob sie die einzige in der Familie wäre, die mit ihrem Aufenthalt in England zufrieden war. Albert konnte kaum seine Freude über den Gedanken, nach Hause zurückzukehren, verbergen, und die Kinder waren von seiner Begeisterung angesteckt worden. Kehinde fragte sich, warum sie es so schwierig fand, es ihnen gleichzutun.

Und warum schlief er so mit ihr, als ob ihre Bedürfnisse nicht befriedigt werden müßten? Vor allem, wo er doch in wenigen Wochen gehen würde. Fünfzehn Jahre waren eine lange Zeit, die man in einen Plan investierte, und sich dessen dann noch nicht mal sicher sein konnte. Kehinde sagte sich, daß sie eine Närrin sei, weil sie sich so plötzlich so unsicher fühlte. Sie drehte sich um, um zu schlafen, und beschloß, jeden Tag so zu nehmen, wie er kam.

8 Alberts Briefe

Das Telefon klingelte. Kehinde nahm ab und hörte einen Augenblick zu, bevor es wütend aus ihr herausbrach: »Gut, dann kommst du also morgen? Ich habe all die Leute satt, die hier herumschnüffeln. Ja, natürlich will ich das Haus verkaufen, aber ich bin sicher, daß das Paar von letzter Woche sich nur amüsieren wollte. Du solltest den Leuten sagen, daß dies hier kein Möbelgeschäft ist ... Ja, ich weiß, aber das heißt nicht, daß jeder das Recht hat, in meine Privatsphäre einzudringen ... Schon gut, ich zeige ihnen alles.« Kehinde legte den Hörer geräuschvoll auf, dabei saugte sie an ihren Zähnen.

»Du hättest Daddy das Haus verkaufen lassen sollen, bevor er abgereist ist«, sagte Joshua und machte ihren Ärger so noch größer.

»Mum kann es auch verkaufen, wenn sie will«, verteidigte sie Bimpe.

»Wirklich? Seit Monaten kommen und gehen die Leute und kaufen nicht. Ich wette, Daddy hätte es einfach so verkauft«, sagte Joshua und schnippte mit den Fingern.

»Mum kann das auch.« Bimpes Stimme nahm einen gefährlich leisen Ton an. Kehinde wußte, daß, wenn sie den Streit andauern ließ, Bimpe bald in Tränen ausbrechen würde. Die Kinder vermißten ihren Vater genauso wie sie.

»Hört auf, ihr zwei! Hilf den Tee holen, Joshua! Koch den Reis, damit wir ihn mit dem Fischeintopf aus dem Kühlschrank essen können.«

»Nur weil Daddy weg ist, ist es dir egal, wer den Tee kocht.«

»Mach mir heute abend keinen Kummer, hörst du, Joshua?

Ich dachte, du magst Reis. Warum kannst du denn nicht genug für uns alle kochen? Es wird genauso lange dauern. Warum meckerst du rum? Ich werde kommen und dir den Eintopf warm machen, wenn du dich dadurch besser fühlst.«

»In manchen Londoner Familien kochen nicht die Jungen den Reis.« Vor sich hinbrummelnd, schlurfte Joshua aus der Küche.

»Tante, Tante, ich bin zurück. Wie war Ihr Tag?« ertönte Amakas Stimme bebend aus dem Flur.

»Die quäkende Stimme dieser Frau ... o nee«, beklagte sich Joshua laut, dem es egal war, ob Amaka ihn hörte oder nicht.

Bimpe schloß hastig die Küchentür hinter ihm und sah ihre Mutter an. Sie lachten verständnisvoll miteinander.

Kehinde ging hinaus in den Flur, um mit Amaka zu reden, die gute Neuigkeiten hatte. Sie war in einer Schwesternschule angenommen worden und war ganz aufgeregt. Sie war nach England gekommen, um mit ihrer Jugendliebe zusammenzusein, und bald danach waren sie übereingekommen, zu heiraten. Er würde seine Werbeschule beenden, und dann würden beide nach Hause zurückgehen. Nigeria hatte ihm ein Stipendium bewilligt, um seinen Erfolg zu beschleunigen. Die Zukunft der Oselokes war hell.

Bevor Albert gefahren war, hatte er Oseloke, Amakas Mann, gebeten, im Haus zu helfen. Es war abgemacht, daß die Oselokes ausziehen würden, sobald Kehinde einen Käufer gefunden hatte. Sechs Monate später hatte das Dach ein Loch, das zu reparieren sich Kehinde nicht leisten konnte. Sie hatte gehofft, Albert würde aus Nigeria Geld schicken. Laut den Leuten, von denen sie hörte, strömte in Nigeria das Geld wie Wasser als Ergebnis des Ölbooms. Kehinde glaubte das, wenn sie an die Ausschweifungen von Festac '77

dachte, das panafrikanische Kunst- und Kulturfestival, das in Lagos stattgefunden hatte.
Ausnahmsweise war Kehinde bereit, ihren Neid zuzugeben. Sie wußte, es wäre katastrophal, die Leute wissen zu lassen, wie sie fühlte, doch ihr Selbstvertrauen entglitt ihr allmählich. Vor ein paar Monaten hätte Amaka es nicht gewagt, ihr vom Flur aus zuzurufen. Jetzt rief sie nicht nur, doch Kehinde war froh, daß man sie rief, damit sie die guten Nachrichten hörte.
Wenn sie daran dachte, daß sie und Albert mit den beiden Mitleid gehabt hatten, als sie angekommen waren, und sie vor den Einwanderungsbehörden beschützt hatten? Oseloke war ein illegaler Immigrant gewesen, doch als die Behörden ihn erwischt hatten, war er bereits ein Student mit einem Stipendium, einem Halbzeitjob und einer Sozialversicherungsnummer geworden. Als Amaka zu ihm kam, kam sie zu einem Freund, der sich in London schon eingerichtet hatte, und die Heirat machte es ihr möglich, zu bleiben.
Wie Albert wollten auch sie nicht länger bleiben als nötig. Ständig redeten sie über Nigeria, die Freundlichkeit, das Geld, die sorglose Haltung dort. Albert war auf einer Woge des Optimismus fortgetragen worden, die nun auch die Kinder erreicht hatte. Ständig sprachen sie davon, ihren Daddy und ihre Tante Selina zu sehen.
Kehinde schluckte ihre Gefühle hinunter und hörte Amakas Glückgeschichte zu, wobei sie die erwarteten, gratulierenden Worte von sich gab. Wenigstens würden sie bald nach Nigeria abreisen, sagte sie sich.
Kurz darauf kam ein Brief von Albert. Wie die meisten seiner Briefe las er sich wie eine Liste von Befehlen, die er auch an seinem früheren Arbeitsplatz in den Ostlondoner Docks gegeben hatte. Sie sollte die Kinder vorbereiten; sie solle sich vergewissern, daß sie alle ihre Impfungen hätten; sie

solle ihnen ein Dutzend Paar Socken und ein Dutzend Unterhosen kaufen. Die beigefügten Flugtickets seien für sie. Er hatte ihnen Plätze in einer schönen Privatschule besorgt, wo sie in Ruhe und mit wenigen Ablenkungen lernen konnten.

Kehinde wußte, daß dies ein Internat bedeutete, eine Selbstverständlichkeit für die Elite in Nigeria. Wenn sie auf ihr Leben in der Mount Carmel Convent School zurückblickte, kam Kehinde zu dem Schluß, daß ein paar Jahre in so einer Schule Bimpe und Joshua guttun würden. Doch sie würde sie vermissen

Als sie den Kindern davon erzählte, waren sie hocherfreut. Sollte sie die schwache Hoffnung gehabt haben, daß sie protestieren würden, so wurde sie enttäuscht. Abgesehen von ihrem Aufenthalt bei einer Pflegemutter, als sie klein waren, waren sie noch nie irgendwohin gereist und hatten neugierig den Berichten ihrer Freunde über ihre Ferienerlebnisse gelauscht. Jetzt versprach man ihnen ein richtiges Abenteuer. Unwillkürlich empfand Kehinde ihre Reaktion als Verrat. Hatten sie gar keine Gefühle für sie? Sie mußte sich selbst davon überzeugen, daß es gut für sie sei, nigerianisches Leben zu erfahren.

Ein paar Tage, nachdem sie gegangen waren, wurde sich Kehinde wieder jener eindringlichen inneren Stimme ihres toten Zwillings, Taiwo, bewußt. Sie war sehr viel allein und hatte keinen, dem sie ihre Ängste anvertrauen konnte. Moriammo, mit der sie über alles hätte sprechen können, hatte gerade einen Jungen zur Welt gebracht und ging in Mutterschaft und Tundes Aufmerksamkeit unter. Kehinde konnte sie nicht mal ohne seine ständige Gegenwart besuchen. Die Geburt des Babys hatte Tunde verändert, und Moriammo sonnte sich in ihrer neuen liebevollen Beziehung. Dies verstärkte Kehindes Gefühl für ihre eigene Isolierung, ihr Gefühl, im Leben aller anderen nur am Rande zu stehen. Deshalb klang Taiwos Stimme stark in ihr und brachte ihre nur vage geäußerten Befürchtungen zum Ausdruck. »Warum sagen Alberts Briefe nichts? Was verbirgt er? Warum schreibt Ifeyinwa plötzlich nicht mehr?« Es war jetzt bereits ein Jahr her, daß er gegangen war. Der Traum, den sie im Krankenhaus gehabt hatte, kam ihr wieder in den Sinn, und Taiwos Stimme: »Sieh nur, unser Vater wollte kommen, um dich davor zu beschützen, doch du hast ihn getötet. Wer, glaubst du, soll ihm die Aufmerksamkeit schenken, die er zum Überleben braucht?« Kehinde hatte manchmal das Gefühl, sich am Rande des Wahnsinns zu befinden. Um die Stimme zu verscheuchen, sang sie dann laut ein Kirchenlied »Süßes Sakrament des Friedens«, sie sang es wieder und wieder. Doch wenn sie aufhörte, war die Stimme immer noch da. »Warum fährst du nicht nach Nigeria und findest heraus, was dort los ist, bevor es zu spät ist? Hast du vergessen, daß es in Nigeria als männlich angesehen wird, wenn Männer untreu sind? Selbst wenn er keine Frauen wollte, würden sie zu ihm kommen.«

»Aber ich muß erst das Haus verkaufen. Und warum muß ich mich dir gegenüber rechtfertigen? Warum gehst du nicht weg und bleibst tot?«

»Tante, Tante, geht es Ihnen gut?« ertönte Amakas besorgte Stimme.

Kehinde lachte entschuldigend. »Kümmer dich nicht um mich. Ich glaube, ich fange an, meine Familie zu vermissen. Jetzt rede ich schon mit mir selber über den Verkauf des Hauses.«

»Ach, Tante. Ihre Familie sind nicht nur die Kinder und Mr. Okolo. Was ist mit uns, sind wir nicht auch Ihre Familie? Sie können mit mir, mit uns reden, wenn Sie wollen. Es bringt nichts, mit sich selber zu reden.« Amaka sah ganz nach der Schwester aus, die sie geworden war.

»So ist es nicht ganz. Aber egal, du würdest es nicht verstehen.«

Kehinde begann insgeheim Pläne zu schmieden, zu gehen. Sie wußte, daß es verschwenderisch und närrisch wäre, ein Haus von dieser Größe halbleer zu verlassen. Sie setzte Amaka und ihren Mann in das größte Zimmer oben und gab eine Anzeige für einen Mieter für die zwei kleineren Zimmer auf. Sie akzeptierte die erste Antwort, die sie bekam.

Der neue Mieter, Michael Gibson, arbeitete im örtlichen Gemeindezentrum. Er war redegewandt und höflich, und obwohl er schwarz war, stammte er aus der Karibik. Sie mochte seine Freundlichkeit, sagte sich jedoch, daß er nicht lange bleiben würde. Ein unverheirateter schwarzer Mann mit einem guten Job war zu kostbar, um übersehen zu werden. Irgendwo mußte ein Haken sein, doch solange er pünktlich seine Miete zahlte, würde Kehinde nicht neugierig sein. Irgendwo in ihrem Hinterkopf hatte sie um einen weiblichen Mieter gebetet und hatte zunächst gezögert, vor allem da der Mann nicht aus Nigeria war. Nachdem er einige Tage hier wohnte, verstand sie nicht mehr, warum sie diese Angst überhaupt je gehabt hatte. War es, weil Leute – ihre Leute – sagen würden: »Schaut, sie hat einen neuen Mieter in ihr Haus genommen, und der Mieter ist ein Mann und ein Fremder?« Sie und Albert hatten nie viel zu tun gehabt mit Schwarzen, die keine Nigerianer waren. Nun, überlegte sie, da Oseloke und Amaka auch da waren, war die Vereinbarung anständig genug. Keiner würde sie beschuldigen können, allein zu leben und zu arbeiten. Sie wußte, sie würde mehr westliche Luxusgegenstände kaufen, die sie brauchte, um sich als ehemalige Dame des Hauses zu etablieren – Dinge wie eine Waschmaschine, einen Kühlschrank, einen Fernseher und einen Videorecorder. Was die Stereoanlage anging, würde sie die größte und lauteste kaufen, die sie sich leisten konnte.

Aber angenommen, nur einmal angenommen, Albert hatte eine Freundin oder war untreu gewesen? Ihr boshaftes *chi* in der Stimme ihrer Taiwo hatte auf so etwas angespielt. Wie würde sie das aufnehmen?

Albert war nicht so, sagte sie sich. Sie kannte ihn in- und auswendig. Er war anders, er hatte Prinzipien, und das wichtigste war, daß er seine Familie weiterhin glücklich machen wollte. Nein, Albert war nicht der Typ, der seine Familie zerstörte oder sie unglücklich machte. Taiwos Stimme war einfach nur boshaft.

Außerdem war Nigeria auch ihr Land. Sie konnte sich nicht so verändert haben! Welche nigerianische Freundin wäre fähig, die Anwesenheit einer reichen, langjährigen Madam auszuhalten? Keine würde es wagen, sich mit ihr zu messen! Und was Alberts Briefe anging, so war er nie ein großer Briefschreiber gewesen, selbst als er ihr den Hof gemacht hatte. Zuerst mußte sie das Haus verkaufen, doch auch das erwies sich als langsam und anstrengend. Das Schild »Zu verkaufen« klapperte vor dem Haus im Wind und erinnerte sie an ihr Versagen.

Das Geräusch der Haustür, die leise geschlossen wurde, weckte sie aus ihren Tagträumen. Es war Michael Gibson. Er hatte die Angewohnheit, zur Begrüßung »Ich bin's nur« zu sagen, wenn er in die Küche kam.

»Guten Abend, Mrs. Okolo.«

»Guten Abend, Mr. Gibson. Einen schönen Tag gehabt?«

»Kann nicht klagen.«

Wenn man nach seinen Ausdrücken ging, mußte Michael Gibson schon lange in England sein. Wie die Okolo war er ein ziemlich gebildeter Schwarzer in einem Job der unteren Mittelschicht. Kehinde fragte sich manchmal, wie seine Geschichte aussah, warum ein attraktiver schwarzer Mann von über dreißig Jahren allein lebte, und dazu noch ein schwarzer Mann mit einer guten Stellung. Viele schwarze Männer konnten Routine nicht lange aushalten und reagierten auf den unvermeidlichen Rassismus heftiger als Frauen. Dieser Mann dagegen war ruhig und aufmerksam, wie er es auch sein mußte, um seinen Job als Gemeindearbeiter zu behalten.

Wie die Oselokes versprach Michael Gibson, auszuziehen, sobald Kehinde einen Käufer hatte, und deshalb minderte sie die Miete. Er durfte die Küche benutzen, was er jedoch nie tat. Er machte sich Tee und Kaffee in seinem Zimmer und aß außerhalb, sogar sonntags. Schwarze Männer wissen, wie man Geld verschwendet, dachte Kehinde.

»Mrs. Okolo, das Wetter war wirklich gut heute.«

Kehinde hatte nicht bemerkt, daß er immer noch im Flur stand und über die kostenlosen Anzeigenblätter stieg, die unter den Türen der meisten Londoner Häuser durchgeschoben wurden. Er mußte sie beobachtet haben. Sie legte etwas Leben in ihre Stimme und antwortetet fröhlich: »Ja, die Sonne hat heute wirklich geschienen. Mir war ausnahmsweise mal heiß.«

Michael Gibson lachte höflich. »Sie hatten also einen schönen Tag.«

»Ja, Mr. Gibson, danke.«

Dieses kurze Gespräch riß sie plötzlich aus ihrer düsteren Stimmung heraus. Michael Gibson ging in Gedanken versunken nach oben, und Kehinde betrat das vordere Zimmer, um zu sehen, ob sie mit Moriammo am Telefon plaudern konnte. Die Küche wäre dann frei für Mr. Gibson, nur für den Fall, daß er sie benutzen wollte, doch das tat er nicht.

Bei Moriammo hatte Kehinde mehr Glück. Tunde war nicht zu Hause, deshalb redeten sie zwei Stunden lang, und ihr wurde leichter ums Herz. Die Telefonrechnung war schließlich ihre Sache.

Wochen später kamen Briefe von Joshua und Bimpe. Sie waren in einer Privatschule, und es ging ihnen gut. In Joshuas Schule bauten sie ihre Toiletten selber, und jede Klasse hatte ein Stück Land zu bestellen, damit die Schule keine Eier und kein Gemüse kaufen mußte. Ihr Vater hatte sie am Sonntag zuvor besucht. Bimpe schrieb: »Hier gibt es so viele Tanten, manche wohnen sogar in unserem Haus. Mir gefällt es, aber du mußt bald kommen. Selbst wenn du das Haus nicht verkaufen kannst, komm doch und besuche Daddy und deine Verwandten. Deine Schwester Ifi ist schön.«

Ein paar Tage später folgte ein Brief von Albert. »Die Straßen von Lagos sind wie die Petticoat Lane an einem Sonntag«, schrieb er. »Das gesellschaftliche Leben ist toll. Mein neuer Job beinhaltet Reisen in den Norden, an Orte wie Kano, Maiduguri und Kaduna. Ich kann kein Geld von hier schicken, K, weil du ja schließlich einen guten Job hast und eigentlich die Rechnungen von deinem Einkommen bezahlen können müßtest. Sind die Oselokes nicht mehr da? K, du mußt einfach lernen, besser auszukommen. Paß auf dich auf, Albert.«

9 Moriammos Besuch

»Ich bin's nur.«
»Wer ist das?« fragte Moriammo.
»Mein neuer Mieter«, antwortete Kehinde und trat ihrer Freundin auf den Fuß.
»Autsch! Ich hab nich gewußt, daß du einen neuen hast. Das is ja 'n *Mann*, K!«
»Hab ich dir das neulich abend nich am Telefon gesagt? Du hörst nie zu. Pscht nu, bitte, er is im Haus! ... Mr. Gibson, dies ist meine Freundin Moriammo. Wir haben zusammen in der Bank in Crouch End gearbeitet.«
Michael Gibson nahm seinen Hut ab und sagte mit einer leichten Verbeugung: »Guten Abend, Madam.« Gleichzeitig wandte er sich Kehinde zu und fragte: »Wie geht es Ihnen heute, Mrs. Okolo?«
»Gut. Hatten Sie einen guten Tag?«
»Kann nicht klagen.«
Moriammos Gesicht war göttlich. Sie betrachtete Gibsons gepflegte Kleidung, sein kurzgeschnittenes Haar und seine sauberen Hände. Sie zog die Augenbrauen hoch, was hieß: »Ich würde mir Gedanken darüber machen, was die Leute sagen, wenn ich du wäre.«
»Du bist nicht ich«, sagte Kehinde. »Die Oselokes sind auch hier, oder haste das vergessen?«
»Ich sag doch nichts, Schwester. Aber seine Hände sin' zu sauber für einen Mann. Das zeigt, daß sie nicht an harte Arbeit gewöhnt sind wie bei afrikanischen Männern. Mit so weichen Händen können sie's doch nich richtig machen, oder?«

»Ehrlich, Moriammo, du bist eine Schande für alle guten moslemischen Frauen!«
Beide lachten.
»Sie können nicht gewinnen, oder? Wenn sie schmutzig sind, sagen wir, sie sind schmutzig. Wenn sie sauber sind, beklagen wir uns, weil sie uns übertreffen könnten. Vielleicht werden deshalb manche von ihnen jetzt weiß und heiraten nicht«, bemerkte Kehinde.
»Du meinst, dieser nette Mann hat keine Frau? Oh, hoho, was haste denn hier, Kehinde? Ich trau keinem Mann, der sich parfümiert.«
»Wovon redest du, Moriammo ? Allah hilf! Daran denk ich nie. Ich verstehe. Kein Wunder.«
»O nein. Ich meine gar nix. Ich wollte nur sagen ...«
»Sag es nicht«, betonte Kehinde ernsthaft und öffnete ihre Handflächen vor Moriammos Gesicht, um sie zum Schweigen zu bringen. Sie brachte ihrer Freundin Bananen und Huhn, und da sie allein waren, aßen sie ohne Rücksicht auf Anstand und schmatzen wie Kinder, die gestohlene Nahrung aßen. Keiner war da, der ihnen sagte, daß sie im vorderen Zimmer nicht essen sollten.
»Mir gefällt der Ton von Albys Briefen nicht. Er scheint sich einzuleben ... du weißt schon, und zwar sehr gut ohne mich. Er schreibt, sagt aber nicht viel.«
Sebi »ich habe dich gewarnt«, zerstört die Freundschaft, dachte Moriammo. Statt zu reden, füllte sie ihren Mund mit saftiger Banane. Sie beobachtete Kehindes Gesicht, um zu sehen, wie sie es aufnehmen würde, da Kehinde nicht mehr jemand war, der sie nur erzählte, was sie hören wollte. Ihre Freundschaft hatte dafür schon zuviel ausgehalten.
»Warum gehste denn nich nach Lagos, zu Alby? Ich sag dir, die Mädchen da sin verrückt nach jedem Mann, der gerade aus England kommt!«

»Aber Nigeria is kein Land, wo sie verrückt sin nach Qualifikationen auf Papier. All diese Fortbildung im Unternehmen und die Erfahrung, die ich hier krieg, zählt da nix«, erklärte Kehinde verzweifelt.

»So schlimm is das doch nich. Du kriegst schon 'nen Job in 'ner andren Barclay-Bank. Es wird einfach wie 'ne Versetzung für dich sein – von einer Barclay-Bank zur anderen.«

»Wo warste denn die ganze Zeit, Moriammo? Es gibt keine Barclay-Bank mehr. Is jetzt eine Union-Bank. Nigeria boykottiert die Barclay-Bank wegen dem Ärger mit Südafrika.«

»Haha! All dieser Ärger!« Moriammo kaute nachdenklich. »Aber ich bin sicher, daß du 'nen anderen Job findest. Und wenn nich, bleib zu Haus und spiel die große Dame. Viele *oyinbo*-Frauen machen das andauernd. Alby hat 'nen guten Job. Und du kannst so deine Ehe retten. Nur das ist wichtig. Frauen, die keinen Mann kriegen, sind für alle ein Übel. Nun, das weißte doch wohl, oder?«

Kehinde wollte für keinen ein Übel sein. Wenn sie nach Hause ging, dann nur, um ihre Ehe zu retten. Doch obwohl die Stimme ihrer Taiwo sie drängte zu gehen, sagte ihr rationales Ich, daß es keinen Grund zur Panik gebe. Sie kannte ihren Alby. Ein Jahr in Nigeria konnte ihn nicht so sehr verändert haben.

Kehinde stellte sich vor, wie sie sich fühlen würde, wenn sie völlig von Albert abhängig wäre, eine Situation, die ihr sehr fremd wäre. Wie konnte sie erwarten, daß Albert sich um all ihre finanziellen Bedürfnisse kümmerte, nur weil sie mit ihm verheiratet war? Und das, wenn all seine Schwestern und Verwandten zusahen? Es war zu unafrikanisch. Für eine Igbo-Frau ist ihre Arbeitsfähigkeit ihr größtes Kapital. Wenn sie nicht als produktiv angesehen wurde, konnte sie sich eine Situation vorstellen, in der man Albert dazu überreden könnte, sie loszuwerden, aber solchem Druck würde er nie nachgeben.

»Über was für 'ne Situation murmelst du da vor dich hin? *Abi*, fängste jetzt auf deine alten Tage an, mit deinem anderen Ich zu reden? Man sagt, Zwillinge reden ständig mit sich selber.«

Kehinde lachte, um ihre Verlegenheit zu verbergen. »Nein, ich sage nur, daß wir nie von unseren Männern finanziell abhängig sind. Zumindest war das meine Mama nie.«

»Woher willste das wissen? Deine Mama is gestorben, als du 'n kleines Gör warst. Sei eine Dame. Leg die Füße hoch. Sei eine weiße Frau. Genieß die Sonne. Es wird auch 'n Haufen Diener geben. Was ist also los mit dir, hä?«

»Was meinste denn, was ich bin? Bin ich keine Igbo?«

»Ich weiß, wer du bist. 'ne Igbo-Frau, die nich glücklich is, bis sie arbeitet und arbeitet und die Last der Welt trägt. Und die ganze Arbeit soll uns Macht geben?«

Kehinde sah ihre Freundin respektvoll an. Moriammo hatte mehr Tiefe, als sie wußte. Nun war Moriammo verlegen. Die beiden Frauen verbargen ihre tiefsten Gefühle, obwohl sie so enge Freundinnen waren. Sie lachten, ein hohes und klingendes Lachen, dem es an Überzeugung mangelte. Moriammo flüchtete sich schnell in leeres Gerede: »Die Welt steht auf 'm Kopf. Ich fühl es in meinen Knochen.«

»Nein, die Welt dreht sich nur im Kreis. Schließlich drehen sich die Leute nur immerzu im Kreis. Die meisten *oyinbo*-Frauen machen ihre Arbeit wie wir.«

»Stimmt. Weißte, K, ich mag keine Hühner ohne Pfeffer. Nich genug Pfeffer an deinem Huhn. Hühner ohne Pfeffer machen Sodbrennen.« Moriammo war entschlossen, zu banaleren Themen zurückzukehren.

»Wo haste das gelesen?«

»Wo ich das gelesen hab? In der Encyclopaedica Worldcanica.«
»O mein Gott, Moriammo. Du bringst die englische Sprache um.«
»Ich hab sie nich drum gebeten, nach Lagos zu kommen und sie mir aufzuzwingen. Bitte bring doch Pfeffer. Sonst muß ich kotzen.«
Kehinde ging in die Küche und kam zurück mit einer Dose guter Pfeffersauce aus Ghana, die sie auf den Boden stellte, wo sie mit ausgestreckten Beinen aßen.
Mit Taiwos boshaftem Geist in sich legte Kehinde eines von Alberts »unanständigen« Videos ein. Sie schrien vor Lachen und weckten Olumide, Moriammos Baby, das warm eingepackt in der Ecke des Sofas schlief. Es war so brav gewesen, daß sie es fast vergessen hatten, doch der Junge begann nun ein Theater zu machen, als wollte er die verlorene Zeit wieder aufholen. Moriammo wischte sich mit Küchenpapier den Pfeffer von der Hand und hob den Jungen hoch.
»Ich gehe und mache seine Flasche warm. Dieses Baby macht so 'n Palaver, nich?«
»Wir gehen aber bald heim. Er war so brav heute. Hat den ganzen Unsinn verschlafen, den wir uns angeguckt haben. Aber diese Leute haben 'nen Knall. Olumide ist ein braver Junge. Er wird es nich Papa sagen.«
»Wenn Olumide es ihm erzählt, kriegt der Krämpfe.«
»Der soll nur Krämpfe kriegen! Der Schock wird ihn umbringen.« Boshaftigkeit tanzte in Moriammos Augen, als sie ihr Baby hochhob.
Draußen war es noch nicht dunkel, doch es wurde Abend. Die beiden Frauen sahen in alle Richtungen, bevor sie einander anblickten. Wo war der Kinderwagen? Er hatte hier draußen am Eingang gestanden.
»Tja, K, wo is der Kinderwagen?« Moriammo fand ihre

Sprache wieder. Kehinde reichte ihr die Babydecke, die sie wie zum Trost an ihre Brust gedrückt hatte. Sie lief die Straße entlang und unterdrückte das Bedürfnis zu schreien. Sie war in England, und in England leidet man schweigend. Kein Kinderwagen, nur verschlossene Türen und ein paar skelettartige Bäume. Ein oder zwei Leute gingen vorüber und sahen sie nicht an, doch kein Kinderwagen.

Kehinde kehrte dorthin zurück, wo Moriammo an der Tür stand und das Baby hielt. Stimmen wurden laut, Amakas über allen anderen. Oseloke und Michael Gibson waren auch aufgetaucht, und sie alle redeten wütend miteinander. Der teure blaue Kinderwagen hatte sich in Luft aufgelöst.

»Ich kann es nicht glauben, ich kann es einfach nicht glauben.« Kehinde sah Moriammo an, die ihren Blick erwiderte und immer noch Olumide an ihre Brust preßte. Ihre Augen waren rot, und ihre Lippen waren vor Trockenheit kalkig. Keine von beiden unterschätzte den Grad der Katastrophe oder wie Tundes Reaktion darauf sein würde.

Moriammo hatte zwei Mädchen im Alter von elf und neun Jahren. Als Kehinde ihr an jenem Morgen im Wimpy erzählt hatte, daß sie schwanger sei, hatte auch sie beschlossen, ihr Glück zu versuchen. Sie hatte Tunde gedrängt, der ein fauler und widerstrebender Liebhaber war. Moriammo hatte noch nie so einen Mann gesehen oder von einem gehört. Wenn er weiß gewesen wäre und sich anständig um sich selber hätte kümmern können, hätte eine Ehe ihn gar nicht interessiert. Doch seine Mutter wollte so etwas Ungeheuerliches nicht hören. Jemand hat dich auf die Welt gebracht, also mußt du auch jemand anderen auf die Welt bringen, so ist nun mal der Lauf der Welt. Moriammo war hartnäckig. Sie drängte sich ihm auf. Sie drohte, nicht mehr für ihn zu kochen. Doch sie hatte erst Erfolg, als sie drohte, ihren Leuten zu schreiben und ihnen zu sagen, daß ihr Mann impotent sei. Potenz ist ein wichtiges Attribut des nigerianischen Mannes, und Tunde würde alles tun, um seine Männlichkeit zu beweisen und um die Demütigung zu vermeiden, die er zu erleiden hätte, wenn seine Frau herumliefe und sagte: »Er kann im Bett nichts.« Daß sie noch ein Kind wollte, wußte er, doch was, wenn es noch ein Mädchen würde? Was sollte er tun? Wie konnte ein Mann in einem Haus voller Frauen geistig gesund bleiben? Doch es war besser, nachzugeben und zu riskieren, noch ein Mädchen zu bekommen, als sich Moriammos Hohn auszusetzen. Er gab ihr, was sie wollte, völlig geistesabwesend. Moriammo achtete nicht darauf, solange sie nur schwanger wurde. Ihr Alltag war so angefüllt mit anderen Aktivitäten, daß es sie kaum störte, daß ihre Ehe nur eine Sache der Bequemlichkeit war. Im Lauf der Jahre hatte sie sich daran gewöhnt, nachts tief und fest zu schlafen, und war sogar dankbar dafür, daß er keine Forderungen an sie stellte. Trotz Tundes armseliger Leistung wurde sie fast sofort schwanger. Dann beschlossen Kehinde und ihr Mann, ihr Kind abtreiben zu lassen. Bevor sie ihre Gedanken sammeln und ihrer Freundin raten konnte, es sich noch mal zu überlegen, hatten sie es bereits getan, und sie konnte nur noch Kehinde, die voller Schuldgefühle war, trösten. Da sie Moslemin war, war sie überrascht, denn Albert und Kehinde wirkten so vertraut, berührten sich und scherzten offen, egal, wer zusah. Moriammo hatte gedacht, weil Albert Christ war, könnte man sich auf ihn verlassen, daß er Kehinde respektvoll behandelte.

Zu behaupten, daß Tunde vor Freude außer sich war an dem Tag, an dem Olumide geboren wurde, wäre eine Untertreibung gewesen. Er rief alle ihre Freunde in England und Nigeria an und nannte sich nun »Tunde und Sohn Ltd.«. Von überall trafen Geschenke ein. An dem Tag, an dem das

Kind seinen Namen bekam, luden sie so viele Leute ein, als ob es eine Hochzeit wäre, und mieteten für den Empfang eine Suite im London Park Hotel. Das Bild des Babys war in allen nigerianischen Zeitungen in London: Olumide – »mein Retter, mein Bannerträger, mein Krieger ist hier.« Nichts war zu gut für ihn. Moriammo sollte ein ganzes Jahr freinehmen, um sich um ihn zu kümmern, damit er nicht den gefährlichen Kindermädchen ausgesetzt würde.
Tunde gab Moriammo nie Haushaltsgeld. Wöchentlich steuerte er zehn Pfund für Fleisch bei, außer in den Wochen, wenn er vier oder fünf Kaninchen tötete, die sie im Hinterhof züchteten. Doch für seinen Sohn Olumide kaufte er den teuersten Kinderwagen im Mothercare-Laden. Moriammo zitterte schon davor, was er sagen und tun würde, wenn er hörte, daß der Wagen verschwunden war.
»Ich glaube, wir rufen besser die Polizei«, schlug Gibson vor.
»Ja, tun Sie das, aber ich muß jetzt nach Hause«, sagte Moriammo ängstlich.
»Was ist das nur für eine Gegend?« ertönte Amakas Stimme.
»Sie stehlen alles.« Kehindes Stimme klang entschuldigend.
»Warum haben Sie ihn nicht in den Flur gestellt? Diese großen Kinderwagen kosten heutzutage ein Vermögen«, meinte Michael Gibson mitfühlend.
»Ich werde ihn suchen«, versprach Kehinde.
Moriammo, die ihr Baby in den Armen wiegte, fuhr mit einem Taxi nach Hause, das Gibson trotz des Chaos hatte rufen können. Es war nur ein kurzer Weg, doch Gibson bestand darauf, daß Moriammo mit dem Auto fuhr. »Es wird dunkel, und Sie sind aufgeregt«, überredete er sie.
Moriammo war so bekümmert, daß sie ohne nachzudenken Tunde alles erzählte, was passiert war. Sie hatte gewußt, daß er ärgerlich sein würde, doch wenn sie das Ausmaß hätte voraussehen können, das seine Wut annehmen würde, wäre

sie still geblieben und hätte den Kinderwagen von ihrem eigenen Geld ersetzt. Doch sie hatte einen Schock und wollte Tunde davon erzählen. Seit Olumides Geburt hatten sie eine Art Vertrautheit erreicht, die es in ihrer Ehe vorher nicht gegeben hatte, und sie hatte sich mehr als einmal dabei ertappt, daß sie Tunde Dinge anvertraute, die sie früher für sich behalten hätte. Sie wußte, daß dies ein Risiko war, da Tunde, der aus einer moslemischen Familie stammte, durchaus andere Frauen nehmen könnte, und was würde dann mit ihren Geheimnissen passieren? Außerdem wäre es nicht leicht gewesen, den Verlust des Kinderwagens zu verbergen, da Tunde gesehen hatte, wie sie aus dem Taxi stieg, und kam, um ihr verblüfft die Tür zu öffnen.
Das Ergebnis war, daß er ihr verbot, Kehinde zu besuchen, und ihre eine Reihe nicht zu beantwortender Fragen stellte. Was hatten sie getan, als sie den Kinderwagen vergaßen? Was machte Moriammo, eine gute moslemische Ehefrau, mit einer Frau, die ihre ganze Familie weggeschickt hatte, um sich zu amüsieren? Jeder Mann konnte jetzt zu ihr gehen, ob Moriammo daran gedacht hatte? Was würde Olumide von ihr denken, wenn er größer war?
Moriammo war zu verwirrt und schockiert, um ihre Freundin zu verteidigen. Tundes Worte waren zu beeindruckend, als daß sie den Versuch gemacht hätte, dazwischenzufahren, während er seinen aufgestauten Neid auf die Okolos ausspie. Er sprach voller Verachtung von den Unzulänglichkeiten von Männern wie Albert, die ihre Frauen der Gnade von ganz London überlassen und ihre Frauen in Kliniken bringen, um ihre Babys aus Geldgründen abtreiben zu lassen. Warum ging er nach Nigeria zurück, wenn sie doch beide gute Posten hatten? Nur wegen Raffgier und Liebe zu Frauen. Es war offensichtlich, daß Alby inzwischen eine andere Frau haben mußte und für Kehinde keine weitere Verwen-

dung mehr hatte. Zweifellos versuchte er, seine Frau diskret zu verlassen, da er sich nie gegen sie hatte durchsetzen können. All das Händchenhalten in der Öffentlichkeit war nur Show gewesen. Und inzwischen hatte Moriammo, die Mutter von Tundes Erben und eine ehrbare moslemische Frau, ihr erlaubt, in einer so kompromittierenden Situation gesehen zu werden …

»Tunde, Tunde! Warum hörst du nicht auf und holst Luft«, wandte Moriammo schließlich ein, als sie genug Selbstachtung gesammelt hatte. »Es ist doch nur ein Kinderwagen.«

»Wußte dein Vater, was ein Kinderwagen ist?« gab Tunde zurück.

Moriammo schwieg. Sie war zu verletzt, um den Streit fortzusetzen, und Olumide brauchte ihre Aufmerksamkeit. Tunde stieß währenddessen weiter einen Schwall von Beleidigungen gegen die wertlosen Okolos hervor.

Abreise 10

Alle waren überrascht über Kehindes plötzlichen Entschluß, nach Lagos zurückzukehren. Sie war nun der Ansicht, daß Albert zurückkommen und das Haus selber verkaufen konnte. Sie würde nicht länger in London bleiben, sich jedem aussetzen, der ihren Namen beschmutzen wollte, nur weil sie nicht unter dem Schutz eines Mannes stand.

Man brauchte ja nur Moriammo ansehen, ihre Freundin! Sie war plötzlich zu beschäftigt, um ans Telefon zu gehen. Wenn Kehinde vorbeikam, öffnete immer Tunde die Tür und teilte ihr mit, daß Moriammo gerade eine Tante besuchte – wo doch Kehinde nie zuvor von einer Tante gehört hatte. Trotzdem wollte sie versuchen, den Verlust des Kinderwagens zu erklären, doch Tunde fegte ihre Erläuterungen mit einer herablassenden Handbewegung beiseite. Unter seinem Blick fühlte sie sich klein und gedemütigt, und um ihrer Freundin Moriammo willen reagierte sie nicht. Doch sie spürte die Ungerechtigkeit. Sie hatte den Dieb nicht gebeten, zu kommen und den Kinderwagen mitzunehmen. Warum also wurde sie bestraft?

Sie erkannte, wie weit an den Rand des Lebens sie gedrängt worden war, als sie eine Handvoll Freunde einlud, um ihren Geburtstag zu feiern. Manche riefen nicht mal an, um ihr Fehlen zu entschuldigen, ganz zu schweigen davon, daß sie kamen. Amaka, ihr Mann und Michael Gibson und ein paar andere, die sie häufig sah, waren die einzigen, die ihre Einladung annahmen. Dies brachte Michael Gibson dazu, besorgt zu bemerken: »Und die Dame mit dem Kinderwagen, konnte sie nicht zu der Party kommen?«

»Es war keine Party«, erwiderte Kehinde schnippisch, »nur ein kleines Treffen.« Sie war zu verletzt, als daß sie noch etwas anderes tun konnte, als zu zischen: »Und ich habe sie sowieso nicht eingeladen.« Gibson zog sich zurück und fragte sich, was der Unterschied zwischen einer Party und einem Treffen war. Er konnte nicht wissen, daß Kehindes Gedanken zurück zu der verschwenderischen Abschiedsparty gewandert waren, die sie für Alberts Abreise gegeben hatten: Das Essen, die Kleider, die Musik ... Dies schien vor Jahrhunderten gewesen zu sein, dabei war es kaum zwei Jahre her. Sie war verblüfft darüber, wie kurz das Gedächtnis der Menschen war. Sie war ihren Freunden eine großzügige Gastgeberin gewesen, doch wo waren diese Freunde jetzt? Es sah so aus, als ob sie ohne Albert nur ein halber Mensch sei. Unfähig, mit dem nagenden Schweigen fertig zu werden, verfiel sie in eine Depression, die noch verstärkt wurde, als ausgerechnet Amaka es unternahm, sie zu bemitleiden. »Sie sehen heute schrecklich aus, geht es Ihnen gut, Mummy?«

In Nigeria war der Name Mummy für eine etwas ältere Frau ein Kosewort, das zeigte, daß die Person, die man so anredete, einem so lieb war wie die eigene Mutter, doch hier in London brachte es Kehinde aus der Fassung. Warum hatte Amaka angefangen, sie so zu nennen? Es paßte nicht in eine Umgebung, wo alles, was mit Altwerden zusammenhing, tabu war. Sie konnte nicht sagen: »Amaka, bitte, nenn mich nicht Mummy. Ich bin nicht alt genug, deine Mutter zu sein.« Das würde nur albern und erbärmlich klingen. Kehinde stellte sich sogar vor, was Amaka und ihr Mann über sie sagen würden. »Ich habe Kehinde ›Mummy‹ genannt, und sie hat gesagt: ›Ich bin nicht deine Mutter.‹« Lachen und Oselokes Antwort: »Bo, sie wird alt. Vielleicht merkt sie es nicht.«

Nein, sie würde ihre Unsicherheit nicht zeigen. Sie würde den Kopf hoch tragen wie eine Igbo-Frau, eine, die den Geist von zwei Frauen in sich trug.
Eine Woche später traf sie Moriammo. Vielleicht bildete sie es sich ein, doch Moriammo benahm sich wie ein Kind, das man dabei erwischt hatte, wie es ein Stück Fleisch aus dem Kochtopf seiner Mutter geklaut hatte. Kehinde lief ihr nach und rief: »Olumides Mutter, Moriammo! Warum denn? Was habe ich getan?« Sie holte sie ein und hielt ihre Hand, und sie bemerkte, daß Moriammo ein wenig vernachlässigt wirkte. Nun, Kehinde verstand das, sie war noch zu Hause und kümmerte sich um Olumide. Und Tunde mochte keine Frauen, die sich herausputzten, nur um auf den Markt zu gehen, um Fleisch und Okro zu kaufen. Kehinde erinnerte sich an seinen Scherz: »Okro und Fleisch ist es egal, wie du aussiehst!« Olumide hatte sie wohl einander wieder nähergebracht, wie es kleine Söhne gerne tun. Endlich wurde Moriammo die gute moslemische Ehefrau, als die sie Tunde haben wollte. Wer war sie, daß sie in so eine Harmonie eindringen würde?
Kehinde spürte wieder, daß sie am Rande des Lebens saß, hineinsah und nicht dazugehörte, doch um der alten Zeiten willen wollte sie herausfinden, warum. Dies war nicht Amaka, die Frau, die zu jung war, um sie herauszufordern. »Moriammo, lange nich gesehen. Du warst nich mal auf meiner Geburtstagsparty. Warum denn, Freundin?«
»Aber ich hab doch 'ne Karte geschickt, *abi*, haste sie nich gekriegt?«
»Karte? Wer will 'ne Karte? Wenn ich 'ne Karte will, kaufe ich mir selber eine. Es gibt viele Karten in den Läden. Ich will dich und keine Karten. Was hab ich getan, Freundin?«
Ohne daß sie es wollte, strömten Tränen über Moriammos

Gesicht. Sie standen in der Mitte des Bürgersteigs, und Käufer eilten um sie herum. Ein Metzger, vor dessen Geschäft sie standen, kam mit seiner blutbefleckten Schürze heraus und sagte: »Könnten Sie bitte weitergehen? Sie versperren mein Schaufenster, sehen Sie?«

Zwischen der Metzgerei und dem Postamt, das von einer asiatischen Familie betrieben wurde, lag ein kleiner Weg, und ohne ein Wort gingen sie dorthin. Keine von beiden war in der Stimmung, mit dem Metzger zu streiten, dessen Arme schon erhoben und zum Kampf bereit gewesen waren.

In der relativen Abgeschiedenheit des Weges löste sich Moriammos Zunge. Aus ihr stürzten die schlimmen Dinge heraus, die Tunde an dem Abend gesagt hatte, als der Kinderwagen gestohlen worden war und er nicht die Geistesgegenwart besessen hatte, seine Worte zu zensieren.

Kehinde war wie vor den Kopf geschlagen. In all den Jahren hatte Tunde also Albert und sie nur ertragen. Aber warum? Sie waren nicht besser dran oder zumindest nur wenig. Warum also die Bitterkeit? Kehinde hatte den Faden von Moriammos Monolog verloren, als sie sie sagen hörte: »Ich ruf dich bald an. Ich muß gehn.« Sie eilte davon und verschwand in der Menge auf dem Markt.

»Gott sei Dank hat sie nicht gesagt, daß es ihr leid tut, das hätte mich umgebracht«, trauerte Kehinde laut. »Wie lange kenne ich dich? Seit fast zwanzig Jahren, in denen wir uns mehr als die sprichwörtlichen neunundvierzig mal neun Mal verletzt und verziehen haben.«

Noch einmal fünfzig Jahre würden den Schock nicht ausradieren, den sie an diesem feuchten Samstagmorgen auf dem Markt in der Stratford Street empfand. Die Welt war plötzlich viel komplizierter, als sie bisher ausgesehen hatte. Sie war nun eine gefallene Frau wie das Straßenmädchen, das sie verdammt hatte, als sie Pelze trug und wie eine verwöhnte Katze in Alberts Jaguar schnurrte. Während sie sich fragte, was die Geschichte dieser Frau war, hatte sie vergessen, was sie eigentlich hatte kaufen wolle. Ihre Schuhe fühlten sich schwer an. War es Alberts Schuld oder ihre, daß sie nun in dieser Lage war? Sie hatte kein Verbrechen begangen, warum also hielt man sie für schuldig? Sie hatte ihren Mann nicht verlassen, er war nur vor ihr gegangen, um ihr neues Leben in Nigeria aufzubauen. Sie war Teil dieses Lebens und würde bald mit Albert wieder vereint sein.

Sie streckte viele Male die Hand aus, bevor sie schließlich den Mut hatte, Mary Elikwu anzurufen. Sie hatte keine Ahnung, worüber sie mit ihr reden sollte. Sollte sie sie fragen, was es hieß, ausgestoßen zu sein? Sie begann zu begreifen, wie sich Witwen fühlen, nicht nur wegen des Verlustes ihres Mannes, sondern auch dem ihrer Freunde. Während das Telefon klingelte, begann sich Kehinde unsicher zu fühlen, weil sie sich daran erinnerte, wie sie Mary Elikwu auf der Party behandelt hatte. Sie wollte schon auflegen, als ein Kind den Hörer abnahm und atemlos verkündete, daß Mummy ausgegangen sei, um für kostenlose Milch zu demonstrieren.

»Kostenlose Milch? Was für kostenlose Milch?«

Es entstand ein Streit am Telefon. Ein älteres Kind nahm den Hörer und sagte höflich: »Entschuldigen Sie, Madam. Mutter ist Mitglied unserer örtlichen Ein-Eltern-Familien-Gruppe, und der Premierminister kürzt uns die kostenlose Milch. Alle Eltern treffen sich, um eine Kampagne zu starten. Wer, soll ich sagen, hat angerufen?«

»Sag nur, Kehinde Okolo hat angerufen.« Als sie den Hörer auflegte, war sie sich bewußt, wie erleichtert sie war, daß Mary nicht dagewesen war.

Am folgenden Montag kündigte Kehinde. Ihre wenigen weißen Kolleginnen waren bestürzt, da Kehinde gut arbeitete und auch glücklich zu sein schien. Sie hatte lange gelernt, nicht zu sensibel gegenüber ihren zynischen Anspielungen zu sein. Als Moriammo nach Hause ging, um ihr Baby zu bekommen, hatte sie gedacht, daß sie einsam sein würde, doch das war nicht so gewesen. Sie hatte einfach angefangen, ihre Mittagspause mit den beiden Datentypistinnen zu verbringen, die normalerweise Sandwichs von zu Hause mitbrachten. Die beiden versuchten nun ihr klarzumachen, daß Jobs wie der ihre nicht auf der Straße lagen. »Es gibt Männer, die es nicht erwarten können, uns zu ersetzen, bei der Arbeitslosigkeit«, sagte Belinda. Doch Kehinde hatte ihren Entschluß gefaßt.

Ihre Kolleginnen wählten eine Mittagspause aus, um ihr ein Abschiedsgeschenk zu überreichen und ihr Lebewohl zu sagen.

Ihr unmittelbarer Vorgesetzter, Arthur, versuchte sie wegen ihrer Gründe zu necken. »K hat wohl Sehnsucht nach ihrem Alten. Du vermißt ihn, nicht wahr?« Obwohl Kehinde mit ihm über zehn Jahre lang gearbeitet hatte, rief sie Arthur nie bei ihrem vollen Namen und ging so über sein Unvermögen hinweg, ihn korrekt auszusprechen. Nun erkannte sie, daß er sich über sie lustig machte. »Du gehst wahrscheinlich heim, um ein Baby zu bekommen, wie deine Freundin«, fuhr er fort.

»Ich gehe in mein Land zurück. Was ist daran falsch? Ich habe nie vorgehabt, mich für immer hier niederzulassen«, gab Kehinde zurück, die ihr Wissen für sich behielt, daß, abgesehen von ihrer unmittelbaren Familie, sie zu lange weggewesen war, als daß ihre Abwesenheit irgend jemandem etwas ausmachte. Arthur hob nur die Augenbrauen und zuckte die Achseln, eine Geste, die kaum seine Gleichgültigkeit verbarg. Kehinde bekam eine vergoldete Kutscheruhr und eine Karte, auf der alle unterschrieben hatten. Sie war schon von einem eifrigen jungen Weißen ersetzt worden, der bei den weiblichen Angestellten offenbar beliebt war. Sie fragte sich kurz, wie Moriammo ohne sie zurechtkommen würde, wenn sie aus dem Mutterschaftsurlaub zurückkam.

Als Kehinde versuchte, Albert anzurufen, um ihm mitzuteilen, was sie getan hatte, bemerkte sie, daß seine Leitung nicht funktionierte. Sie hatte vergessen, daß man in Nigeria Kommunikation nicht als selbstverständlich hinnehmen durfte. So hinterließ sie statt dessen eine Nachricht bei einem seiner Cousins, und Albert rief am nächsten Tag zurück. Er war so wütend, daß er kaum sprechen konnte, beschuldigte Kehinde, verrückt zu sein, weil sie ans Kündigen gedacht hatte.

»Ich habe schon gekündigt«, schrie Kehinde in die widerhallende Leitung. Er könnte zumindest höflich mit ihr sprechen angesichts der Tatsache, daß er aus dem Wohnzimmer eines Verwandten anrief. Es machte Albert nur noch wütender, daß sie denken konnte, sie hätten irgend etwas vor Egbueze und seiner Frau zu verbergen. Sie hatte nicht einmal gelernt, wie man von Verwandten sprach, und doch kam sie nach Hause. Sie solle wieder an ihren Job zurückgehen, noch einmal versuchen, das Haus zu verkaufen, und warten, bis er nach ihr schickte. »Vermißt du mich denn gar nicht, Albert?« fragte sie fast weinerlich und hätte sich im selben Moment für so eine Schwäche umbringen können. »Du mußt dich richtig auf deine Abreise vorbereiten«, erwiderte Albert abschließend.

»Ich will mich nicht richtig vorbereiten.« Kehinde war den Tränen nahe. »Ich will, daß wir zusammen sind. Ich will die

Kinder sehen. Ich vermisse euch alle. Du bist seit zwei Jahren fort, hast du das vergessen?«
Was immer Albert sagte, es ging unter, da die Leitung tot war, und Kehinde starrte blicklos auf den Hörer in ihrer Hand.

Ankunft 11

Kehinde wartete ungeduldig am Flughafen Heathrow. Man konnte den Schalter von Nigeria Airways sofort erkennen, da er der lauteste und chaotischste im ganzen Terminal war. Es gab zwar eine Schlange von Passagieren, doch nur diejenigen, die keine persönlichen Kontakte zu der Person hinter dem Schalter hatten, blieben dort. Warum Schlange stehen, wenn man Einfluß ausüben konnte, um als erster durchzugehen? Nach zwei Stunden des Stillstehens, in denen Leute von hinten kamen und durchgelassen wurden, wurde Kehinde nervös. Es war allgemein bekannt, daß die Flugzeuge der Nigeria Airways immer überbucht waren. Die Frau hinter ihr erzählte ihr, daß es der dritte Tag nacheinander war, an dem sie versuchte, einen Platz zu bekommen, obwohl sie bereits eine Bordkarte hatte. »Aber Sie haben doch gezahlt«, rief Kehinde aus.

»Glauben Sie, das wissen die nicht? Ich habe kein Geld, um jemanden zu bestechen, deshalb komm ich nicht weiter. Wenn ich alles hier ausgebe, was werde ich dann tun, wenn ich nach Nigeria komme?«

Kehindes Augen waren so rot wie Palmkerne. Sie mußte dieses Flugzeug kriegen. Mit ihrem ganzen Gepäck und den Ausgaben für noch eine Taxifahrt wieder nach Hause zu gehen – daran war nicht zu denken.

»Wir müssen zu ihnen gehen.« Amaka, die mit ihrem Mann gekommen war, um sie zu verabschieden, schreckte sie aus ihren Gedanken auf.

»Aber warum denn, wo wir doch rechtzeitig gekommen sind? Wir waren drei Stunden vorm Start hier. Nach dieser

teuren Fahrt habe ich kein Geld mehr übrig, um mit jemandem zu sprechen.«
»Ja, aber es scheint, als seien wir schon in Nigeria. Die britischen Behörden werden nicht eingreifen, selbst nicht bei all dem Lärm. Sie lassen es uns auf unsere Weise machen«, bemerkte Oseloke. »Also soll es auch unsere Weise sein.« Er zog seinen Regenmantel aus und warf ihn seiner Frau zu; dann krempelte er seine Hemdsärmel hoch, grinste beide Frauen an und drängte sich nach vorne, wo er von der hysterischen Menge verschluckt wurde.
Kehinde und Amaka lächelten sich wissend an. »Er muß aus allem ein Drama machen«, sagte Amaka, als ihr Mann schnaufend zurückkam. Ohne Umstände hievte er Kehindes größte Tasche auf seinen Kopf und schrie: »Aus dem Weg! Aus dem Weg!«
Kehinde folgte ihm verwirrt in dem Fahrwasser, das er in der Menge bildete. Oseloke ließ die Tasche auf die Waage fallen und drehte sich um. Kehinde und Amaka standen genau hinter ihm, zusammen mit der Frau, die mit ihnen geredet hatte. Mit dem Gesichtsausdruck eines kleinen Jungen, der gerade das entscheidende Tor geschossen hatte, riß er den beiden verwirrten Frauen die Tickets weg und hielt sie dem müde aussehenden Mann am Schalter unter die Nase. Die Luft um sie herum summte von dem Lärm der anderen Passagiere, die »Schiebung!« riefen.
Oseloke tat so, als hörte er sie nicht. Er hielt dem Mann weiter das Ticket hin, bis auch dieser protestierte: »Gut, gut, ich sehe sie ja.«
Da blickte der Mann auf. Es war Tunde, Moriammos Mann. Kehinde starrte in seine Augen. Sie hatte vollkommen vergessen, daß Tunde als Schalterangestellter bei Nigeria Airways arbeitete.
Tunde erholte sich als erster. »Sie gehn also jetz' nach Haus,

nich, Mrs. Okolo? Das is gut. Sie habn's nich mal Ihrer Freundin gesagt, aber ich werd's ihr erzählen. Hätten Sie's mir vorher gesagt, hätte ich Sie schon lang einchecken lassen.« Während er sprach, hob er den Rest von Kehindes Gepäck auf die Waage. Er tat so, als bemerke er nicht, daß es über dreißig Kilo wog statt der erlaubten zwanzig. Da er nicht mal darum bat, geschmiert zu werden, mußten die zuschauenden Passagiere daraus schließen, daß Kehinde eine gute Freundin von ihm war. Und tatsächlich war Tunde sehr umgänglich, offenbar erleichtert, zu sehen, daß Kehinde heim zu ihrem Mann flog. »Ich sehe Sie später, um Ihnen noch 'ne Nachricht für meinen Freund mitzugeben«, rief er, als Kehinde und ihre Begleiter von dem umlagerten Schalter weggingen. Die Frau, die zusammen mit Kehinde eingescheckt hatte, kniete sich auf den Boden und dankte Oseloke wieder und wieder.

Als Kehinde viel später sah, wie Tunde nach ihr suchte, um ihr die Nachricht für Albert mitzugeben, versteckte sie sich in der Damentoilette. Worüber willst du mit mir reden? fragte sie sich. Oder willst du dich damit brüsten, daß es dir gelungen ist, mittels des Babys einen Keil zwischen Moriammo und mich zu treiben, indem du ihre Pflicht als moslemische Frau neu erweckt hast? Ich bin sicher, du wirst überrascht sein über Moriammos Reaktion, wenn sie erfährt, daß ich abgereist bin, ohne es ihr zu sagen. Unsere Freundschaft geht tiefer, als du es dir je vorstellen kannst, Tunde.

Kehinde versteckte sich hinter einer Tür in der Damentoilette, bis Tunde die Abflughalle verließ. Sie hoffte, daß das Flugzeug pünktlich starten würde, doch es gab den üblichen Maschinenschaden, und ihre Furcht wurde größer, je länger sie wartete. Sie wußte, daß ihre Schwester Ifeyinwa und Albert am Flughafen von Lagos auf sie warten würden. Eine

ermüdende Ansage nach der anderen teilte ihnen mit, daß es nur eine Stunde dauern würde. Die Stunde schien sich endlos auszudehnen. Da sie wußte, daß sie nichts tun konnte, schlief Kehinde ein. Um neun Uhr dreißig am nächsten Morgen, elf Stunden verspätet, starteten sie.
Die Reise verlief ohne Vorkommnisse, doch als sie in Lagos landeten, waren die Verwandten, die den ganzen Tag gewartet hatten, nach Hause gegangen. Aber zumindest waren sie bei Tageslicht angekommen.
Tatsächlich wartete Albert, und trotz seiner Mißbilligung am Telefon schien er froh, sie zu sehen. Er sah beeindruckender als der Londoner Albert aus, in der fließenden weißen Spitzen-*agbada* mit dem passenden Käppchen. Seine Haut war dunkler und glänzender, und er strahlte ein neues Selbstvertrauen aus. Die Frauen wußten, daß das Land ihre Männer so veränderte. Es gab keinen Zweifel daran: Albert fühlte sich vollkommen zu Hause.
Eine Banknote, die diskret in die Hand eines der Männer gedrückt wurde, die sich drängten, um Kehindes Taschen in Empfang zu nehmen, und der junge Draufgänger wurde zu einem Sinnbild der Unterwürfigkeit und des Respekts. Kehinde, die unwillkürlich beeindruckt war, überließ Albert die Führung. Es war lange her, seit sie sich den Luxus gegönnt hatte, daß man sich um sie kümmerte. Sie war aufgeheizt und kämpferisch angekommen, bereit, sich zu rechtfertigen, schlüpfte jedoch mühelos zurück in ihre alte untergeordnete Rolle. Außerdem war da etwas an Alberts neuem Selbstvertrauen, das Bewunderung hervorrief, ihn attraktiver machte.
Ihr alter Jaguar sah überhaupt nicht alt aus, verglichen mit den anderen Autos auf der Straße von Lagos. Obwohl Albert ein vorsichtiger Fahrer war, konnte Kehinde merkwürdige Geräusche hören, die vorher nicht dagewesen waren, wie

alte Knochen, die unter der noch straffen Haut knarzen, die sie zusammenhält.

Unterwegs fühlte sich Kehinde wohl genug, um nach den Kindern zu fragen.

»Ihnen geht es gut. Ich hab sie vorigen Samstag gesehen und ihnen erzählt, daß Mama nach Hause kommt, und sie warten auf dich.« Da er wußte, daß ihr dies gefallen würde, lächelte Albert Kehinde flüchtig an und zeigte für einen kurzen Moment den alten Albert. Er war nie ein offener Mensch gewesen, der seine Gefühle zeigte, doch in den letzten zwei Jahren hatte er sich eine neue Schicht der Selbstbeherrschung und der Distanz zugelegt.

»Stimmt was nicht?« fragte Kehinde.

»Nein, alles in Ordnung. Warum fragst du?«

»Ich weiß nicht. Ich hab nur das Gefühl ...«

Albert half ihr nicht, sondern konzentrierte sich auf den Verkehr. Kehinde war beeindruckt davon, was das Öl für Lagos getan hatte. Schöne breite Straßen, elegante, individuell entworfene Häuser, sich emporschwingende Straßenüberführungen. Es war fast wie in einem entwickelten Land. Kehinde füllte ihre Lungen mit der heißen tropischen Luft und fühlte sich in Hochstimmung.

Vielleicht war Albert wütend auf sie gewesen, weil er sich vernachlässigt fühlte, obwohl er den Entschluß gefaßt hatte, vor ihr nach Lagos zurückzukehren. Sie sollte das Haus verkaufen und mehr Dinge kaufen, die sie in Lagos brauchen würden. Albert brauchte Zeit, um eine Wohnung für sie alle zu finden. Vielleicht hatte er es vergessen, und vielleicht schmollte er deshalb. Männer! Manchmal benahmen sie sich wie Kinder. Schließlich war es seine Idee gewesen, daß sie alle nach Hause zurückkehrten, und seine Schwestern hatten ihn dazu gedrängt.

Sie versuchte, wieder ein Lächeln auf sein Gesicht zu zaubern, indem sie fragte: »Schreiben Tante Selina und Tante Mary dir oft?«

Albert wandte den Blick von der Straße und betrachtete sie, als ob sie jemand wäre, den er gerade kennengelernt hatte. Kehinde war sich nicht sicher, ob der Seufzer, der ihm entfuhr, Langeweile oder Mitleid ausdrücken sollte. Er richtete seine Aufmerksamkeit wieder auf die Straße und erwiderte, als ob er mit den Straßen redete, die sich vor ihren Augen ausbreiteten: »In ihrer Generation schreibt man nicht gerne Briefe. Sie sind hier im Süden auf Besuch. Wir sind gestern alle zum Flughafen gekommen, aber dein Flugzeug ist nicht angekommen ...«

»Du meinst, sie sind alle zu Hause in unserem Haus! Ich meine, in dem Bungalow, den du gemietet hast?« fragte Kehinde entsetzt.

»Sie sind in den Süden gekommen, um dich zu begrüßen und um die Kinder in der Schule zu besuchen. Wo sonst sollen sie sein?«

Kehinde hatte geträumt, daß sie ein paar Tage allein sein könnten, jetzt, da die Kinder in der Schule waren. Sie wußte nun, daß sie sich auf ein anderes Szenario gefaßt machen mußte. Im selben Haus wie Alberts Schwestern zu wohnen, das war mehr, als sie erwartet hatte.

Plötzlich und ohne Warnung tauchten sie in einen Strom aus Abgasen, Hupen, rasenden gelben Riesenbussen und Minibussen, die bis obenhin voll waren, und Menschen: Das Herz von Lagos, Lagos Island-Eko. Kehinde, die nicht an den Lärm und das Chaos gewöhnt war, erschrak, doch Albert bahnte sich geschickt seinen Weg durch enge Seitenstraßen, die voll von verlassenen Autos standen. Schließlich bogen sie in eine kleine, aber frischgeteerte Straße ein, in der bunte Bungalows standen. Diese Straße war sauberer, obwohl der Geruch nach verrottendem Abfall, der aus den offenen Gullys kam, erstickend war. Albert hielt endlich vor einem adretten Bungalow an, der blaßblau und weiß gestrichen war. Zwei große Stücke Holz hatte man als Brücke über den Rinnstein genagelt, aus dem es so schlecht roch, daß Kehinde sich beinahe übergeben hätte.

Ein Mädchen lief heraus, um sie zu begrüßen. »Willkommen, Madam, willkommen, *sah*«, grüßte sie, während sie die Taschen aus dem Kofferraum holte. Kehinde stieg aus dem Auto, als ihre Aufmerksamkeit auf die Eingangstür gelenkt wurde. Der Anblick, der sich ihr bot, ließ sie erstarren. Eine sehr schöne, elegante junge, schwangere Frau mit einem Baby auf der rechten Hüfte stand im Eingang; sie trug denselben Spitzenstoff wie Albert. Ihr Haar, das im neuesten umgedrehten Korbstil zurückgehalten war, ließ ihr Gesicht schmäler erscheinen, so daß ihr dicker Bauch wie ein Ehrenzeichen der Fraulichkeit im Gegensatz zu ihrer Schlankheit wirkte. Sie musterte Kehinde frech und lächelte milde und ohne Begeisterung. Sie versuchte nicht, herauszukommen und beim Ausladen zu helfen. Kehinde nahm alles wie einen Film in Zeitlupe auf.

»Grace! Grace, paß auf mit diesen Taschen«, sagte Albert scharf; er schien das Drama, das hier aufgeführt wurde, nicht zu bemerken.

»Ja, *sah!*« rief die beladene Grace über ihre Schulter, während sie mit Kehindes Tasche auf dem Kopf über die Holzbrücke stolperte.

In diesem Moment wurde Kehinde durch die Ankunft von Ifeyinwa abgelenkt, die vor Freude schrie und zur Begrüßung fast einen Tanz aufführte. Ein paar von ihren zahlreichen Kindern folgten ihr, und alle drei hoben sie fast in die Luft. Das erstemal weinte sie nun Freudentränen, in die sich Erleichterung darüber mischte, auf echte Wiedersehensfreude zu stoßen.

Inzwischen hatte sich fast die halbe Straße versammelt, um zuzusehen und sie willkommen zu heißen. Leute, die sie nie gesehen hatte, fragten sie, wie es in England sei. Ifeyinwa übernahm die Kontrolle. Sie drängte ihre Schwester in das große und modern eingerichtete Wohnzimmer, das geschmackvoll durch die Möbel ergänzt wurde, die Kehinde in einem Extracontainer geschickt hatte, nachdem Albert London verlassen hatte. Ein Teil ihres alten Lebens war hier in diesem Zimmer, und Kehinde verspürte durch den vertrauten Anblick einen Anflug von Sicherheit.

Ifeyinwa, die immer eine ruhige Frau gewesen war, redete ununterbrochen. Sie war dünner, als Kehinde erinnerte, verglichen mit Kehindes Rundlichkeit. Sie strahlte Ängstlichkeit aus, als sie erregt ihren Ober*lappa* auf- und wieder zuknotete. Sie schien bemüht zu sein, Kehinde zu beschützen, sogar vor den Leuten, die hereinkamen, um sie willkommen zu heißen.

Wo war Albert, der ihr alles zeigen und sie in ihr Zimmer bringen sollte? Statt dessen spürte sie, wie Ifeyinwa sie wegzog. »Wir kommen«, sagte sie zu einer Nachbarin, die wissen wollte, ob Kehinde zufällig ihre Söhne kennengelernt habe, die irgendwo im East End von London studierten. »Ich muß sie in ihr Zimmer bringen. Du kannst sie später fragen. Schließlich seid ihr jetzt Nachbarn«, erklärte Ifeyinwa. Sie zerrte noch entschlossener an Kehinde, so daß diese keine andere Wahl hatte, als ihr zu folgen.

Ifeyinwa führte sie in ihr Zimmer. Es war sauber und einfach und ordentlich mit einem der drei Einzelbetten möbliert, die sie in London gekauft hatte. Wo war das Doppelbett, für das sie und Albert bei Harrods ein Vermögen ausgegeben hatten? Albert hatte in seinem Brief geschrieben, daß alles in gutem Zustand eingetroffen sei. Sie hatte noch nie in

ihrem Eheleben in einem anderen Zimmer als ihr Mann geschlafen.
»Kleine Mutter, Ifi, ruf Albert her. Wo ist er?« bat Kehinde ihre Schwester.
Ifeyinwa riß entsetzt die Augen auf. »Pscht ... pscht ... pscht, nicht so laut! Ruf deinen Mann hier nicht bei seinem Namen. Wir haben gehört, daß man das im Land der Weißen tut. Dort haben die Leute keinen Respekt voreinander. Die Leute rufen sich beim Namen, den die Eltern ihnen gaben, wie groß sie auch sind. Hier tun wir das nicht. Bitte. Kehinde, tu's nicht.«
Kehinde lachte freudlos. »Wovon redest du? Ich habe gesagt, ich will Albert. Wo ist er?« Sie ging zur Tür, doch Ifeyinwa hielt sie zurück.
»Wo gehst du hin? Komm wieder rein, komm zurück. Du wirst Joshuas Vater später sehen. Komm erst rein.« Ihre Augen waren gerötet und ihre Stimme erregt. »Was glaubst du, wo du bist? Dies ist schließlich Nigeria.«
»Das weiß ich, das sagen alle. ›Dies ist Nigeria, dies ist Nigeria‹, als ob das Land nicht von dieser Welt wäre.«
»Setz dich, kleine Schwester. Setz dich. Du bist vor langer Zeit von zu Hause weggegangen. Hier ziehen die Männer zusammen. Wir Frauen halten auch zusammen.«
»Bitte, bring's mir bei, habe ich nicht gerade erst Albert geheiratet, und nun wirst du mir erzählen, was die Ehe ist. Wo ist er übrigens.?«
»Er weiß, daß ich hier bin, und wird nicht einfach hereinplatzen. Er ist ein gebildeter Mann. Du darfst ihn nicht mehr bei seinem Vornamen rufen. Seine Schwestern sind im Vorderzimmer, genau wie viele seiner Freunde und Nachbarn, die dich willkommen heißen wollen. Du wirst nicht rausgehen und seinen Vornamen rufen, als ob er unser Diener wäre; als ob du ihn beschnitten hättest. Was für eine

Frechheit! Wofür brauchst du ihn überhaupt? Er wird dich schon noch besuchen. Zieh dich einfach an, mach dich bereit und zeige dich denen, die warten, um dich zu begrüßen.«

Kehinde sah sich noch einmal um. »Dies ist nicht unser Zimmer, oder?«

»Unser Zimmer? Das ist dein Zimmer. Ich habe es für dich ausgesucht. Nach dem von Joshuas Vater ist es das beste, sogar besser als Rikes. Sie muß ihres mit ihrem Mädchen und ihrem Baby teilen, und sie ist neben dem Zimmer, das für die Schwestern deines Mannes bereitgehalten wird, die bei ihren Besuchen sehr laut sein können. Du hast Glück. Joshuas Vater hat mir freie Hand gegeben. Dein Mann ist ganz schön weltgewandt.«

»Du sprichst über meinen Mann, als ob er für mich ein Fremder wäre. Wir haben vor siebzehn Jahren geheiratet, und ich sollte dir von ihm erzählen.«

»Das gehört zu den Dingen, die du lernen, mußte. Hör auf, ihn ›mein‹ Ehemann zu nennen. Du mußt lernen ›unser‹ zu sagen. Er ist doch auch Rikes Mann. Du hast sie gesehen, diese schamlose Frau mit dem dicken Bauch und dem Baby auf den Hüften. Ehrlich, ›diese ačadas‹ machen sich an jeden Mann ran, nur damit sie behaupten können, daß ihr Mann in Übersee studiert hat ...« Sie flatterte weiter herum, fuchtelte mit den Armen und stand nicht einmal still. Plötzlich hielt sie keuchend inne.

Kehinde wollte aufstehen, doch sie zog sie wieder herab. »Setz dich und beruhig dich.«

»Ich sitze ja. Ich bin ruhig. Du bist es doch, die ständig auf und ab geht wie ... wie ... wie ... o Ifi, ich weiß nicht, wie. Willst du mir erzählen, daß Albert eine andere Frau hat und daß er der Vater des Babys ist, das diese Frau bei sich hatte?«

Ifeyinwa nickte stumm, und Tränen liefen über ihr Gesicht. »Sie heißt Rike. Sie hat sich Joshuas Vater regelrecht aufgedrängt. Als ich gehört habe, daß sie den Jungen bekommen hat, wußte ich, daß Albert sie heiraten würde. Wenige Männer würden zu so einer gebildeten Frau nein sagen, sobald sie ein männliches Kind von ihnen hat. Seine Schwestern hätten es nicht erlaubt, und auch du selber hättest es nicht zugelassen, daß Joshuas Vater einen Sohn wegwirft, oder? Dann, innerhalb eines Wimpernschlags, erwartete sie noch eines. Aber ich danke deinem *chi*, das dich zu so einer starken Frau gemacht hat, daß du zumindest die Mutter von Joshua und Bimpe bist. Diese da mit all ihrer Kraft im Hintern und all ihrer acada, kann dir das nicht nehmen. So etwas hat man auch schon vorher gesehen und gehört. Es passiert dauernd. Mein Mann hat zwei andere Frauen, und wir alle leben in zwei Zimmern. Zumindest habt ihr hier ein ganzes Haus, und Albert hat einen guten Job. Sie ist eine große Lehrerin an der Universität.«
Kehinde knetete eines der Kissen, das sie geistesabwesend vom Bett genommen hatte. Sie starrte ihre Schwester an. Sie erkannte nun, warum man sie beide allein gelassen hatte – damit Ifeyinwa sie davon abhalten könnte, hinauszugehen und sich zum Narren zu machen. Ihre Augen waren gerötet, doch es kamen keine Tränen. Als sie schließlich die Sprache wiederfand, war ihre Stimme ruhig, auch wenn sie von weit her zu kommen schien. »Albert hat sie also geheiratet, weil sie einen Jungen von ihm bekam, ja?«
Wie ein Film wurde die Vergangenheit in Kehindes Kopf abgespielt. Albert hatte behauptet, sie könnten das Baby nicht behalten, weil sie es sich nicht leisten könnten, und es war ein Sohn gewesen. Hatten ihre toten Eltern sie in dem Traum warnen wollen, den sie im Krankenhaus gehabt hatte? Doch als sie ihre Schwester ansah, wußte sie, daß sie

diesen Schmerz nicht mit ihr teilen konnte. Kehinde wußte, ihre Reaktion würde sein, daß sie ihr sagte, Gott strafe sie, weil sie so etwas Ungeheuerliches getan habe. Wahrscheinlich rechnete auch Albert damit. Inzwischen weinte Ifeyinwa um sie beide. Sie sah ihre Schwester wieder an, und ihre Blicke trafen sich. Kehinde versuchte sich die Angst und die Hilflosigkeit vorzustellen, die diese in den letzten Monaten erduldet hatte, weil sie nicht wußte, wie sie ihr die Neuigkeit mitteilen sollte. Etwas in ihr riet zur Vorsicht, gelassen zu bleiben und Gott und ihrer Kultur für die Unterstützung ihrer Schwester zu danken.

Ein lautes Klopfen an der Tür und lautes Lachen sagte ihnen, daß ihre Zeit allein vorbei war und daß das Schauspielen beginnen würde. Eine große Frau stürzte herein, eine typische erfolgreiche nigerianische Geschäftsfrau, die in der Gegend als »Pump-Frau« bekannt war. Sie wartete nicht darauf, hereingebeten zu werden, sondern trat mit einem forschen Selbstbewußtsein ein, das anzeigte, daß das Haus ihr gehörte. Es war Tante Selina, die älteste der Oko-lo-Familie, an die sich Kehinde aus ihrer Verlobungszeit als eine dünne Frau erinnerte, die gerade ihren Mann verloren hatte und mit zwei Kindern von der anderen Frau ihres Mannes zurückgeblieben war, um die sie sich zu kümmern hatte. Sie hatte keine eigenen Kinder. Ihre anderen Verwandten, Tante Mary und der ältere Bruder Nicholas, hatten ihr beigestanden, während sie schnell den ganzen Besitz ihres Mannes verkaufte und im Norden blieb, weit weg von den Schikanen ihrer Schwiegerfamilie. Das Geld hatte zu Nicholas' Ausbildung beigetragen und hatte ihre Schiffspassage und den Brautpreis gezahlt, als Albert nach ihr geschickt hatte. Zu so einer Frau konnte man nie sagen: »Warum wartest du nicht, bis ich ›herein‹ sage?« Sie war bekannt als Mama Kaduna und war die Mutter von allen.

Kehinde hatte einmal gedacht, daß, wenn sie nach Nigeria zurückkehrten, sie über all dem stehen würden und daß Leute wie Mama Kaduna und Tante Mary auf ihre Plätze verwiesen würden. Jetzt wußte sie, daß sie unrecht gehabt hatte. Sie waren stärker als sie.
Sie umarmte Kehinde heftig. »Laß mich dich anschauen. Laß dich nur anschauen. Olisa, danke, daß du sie alle nach Hause gebracht hast. Schaut euch das kleine Mädchen an, das eine Ratte hätte aufessen können und immer noch hungrig gewesen wäre. Schaut sie an. Ist sie nicht zu einer reifen Frau geworden? Kopf hoch! Dein Kinn muß immer oben sein. Oder weißt du nicht, wer du bist? Du bist die ältere Frau eines erfolgreichen nigerianischen Mannes, die erste Frau des ersten Sohnes unseres Vaters, Okolo. Olisa, gib ihm Frieden, wo er jetzt ist und sich mit seinen Altersgenossen amüsiert. Unser toter Vater liebte schöne Menschen, und du bist jetzt schön, meine Tochter. So gelassen und rund.« Während sie sprach, warf sie Ifeyinwa einen wissenden Blick zu, als ob sie ihre Schwächen betonen wollte. Ifeyinwa war noch dünner als in ihrer Jugend, nicht aus modischen Erwägungen, sondern weil die Armut sie ausgelaugt hatte. Ifeyinwa achtete nicht auf die Boshaftigkeit und antwortete nur: »Ja, Ma, du hast recht.«
Mama Kaduna wandte sich Kehinde abschließend und wohlwollend wieder zu: »Ach, London hat dir gutgetan, aber hier wird es dir noch besser gehen«, sagte sie, als sie ins Wohnzimmer eilte. Sie rief über ihre Schulter zurück: »Hier sind Leute, die sie begrüßen wollen, laß sie nicht warten.«
Als Mama Kaduna außer Hörweite war, fragte Kehinde atemlos: »Wissen es Joshua und Bimpe?«
»Natürlich. Ich habe Bimpe gesagt, sie solle es in ihren Briefen nicht erwähnen. Unser kleines Mädchen ist voller Verständnis. Ich habe ihr gesagt, es sei wahrscheinlich ein

Schock für dich und daß es sehr unklug für alleinlebende Menschen sei, einen Schock zu erleiden. Es ist doch besser, es dir so beizubringen, meinst du nicht? Ich habe bemerkt, daß sie seit kurzem Rike auch akzeptiert hat und versteht, warum Albert sie heiraten mußte. Sie wußte, ihr Vater war einsam, und außerdem ist Rike eine richtige kleine Mutter für die beiden gewesen. Sie besucht sie an den meisten Samstagen und vergewissert sich, daß sie alles haben, was sie brauchen. Sehen wir es so: Sie hat dir geholfen, für deine Familie zu sorgen, da du nicht an zwei Orten gleichzeitig sein konntest.«

»Aber warum hat Albert mir gegenüber nicht mal angedeutet, daß er dieses Leben wollte?«

»Was du für einen Blödsinn redest! Männer sagen so etwas nicht. Es ist, als ob du fragtest, warum ein Mann seiner Frau nichts erzählte, bevor er sich eine Geliebte nahm. Aber er muß Andeutungen gemacht haben, du mußt es an seinem Verhalten bemerkt haben. Wahrscheinlich warst du dir deiner Stellung zu sicher, um es wahrzunehmen, und zu sehr damit beschäftigt, ihm Befehle zu geben. Warum, glaubst du, war er nicht darauf aus, daß du sofort zurückkehrtest?«

»Das war meine Schuld. Ich war mir nicht ganz sicher, daß ich schon zurück wollte, und natürlich mußte das Haus verkauft werden ...«

»Ah, siehst du, das meine ich. Du hast vergessen, daß er nach Lagos zurückging. Es gibt viele Wege, einen Fisch zu fangen, und Rike hat den schlauesten gewählt. Sie traf Albert, als er traurig war, weder Job noch Wohnung hatte, und zeigte sich ihm als guter Engel, nahm ihn sogar mit in die Kirche. Sie wurde so verwoben mit seinem Leben, daß, als die Kinder zurückkamen, Joshua dachte, sie sei eine seiner Tanten. Und als er es herausfand, versöhnte er sich bald damit.«

»Aber was hat er zu seinem Vater gesagt?«

»Zu seinem Vater? Was konnte er schon sagen? Dies ist Nigeria; da redest du doch nicht mit deinem Vater.«

»O mein Gott, warum bin ich so blind gewesen? Wie kann sich Albert so schnell verändert haben?«

»Ich sage dir, Rike ist eine schlaue afrikanische Frau, trotz ihres Buchwissens. Aber mach dir keine Sorgen, du wirst dich bald daran gewöhnen, und dann wirst du dich fragen, warum du dir überhaupt Sorgen gemacht hast. Albert ist ein guter, schwer arbeitender Mann. Entspann dich und genieß dein Leben.«

Kehinde war zu überwältigt von den Nachrichten ihrer Schwester, um zu zählen, wie viele Gesichter sie in dieser Nacht sah, von alten Freunden, die sie vergessen hatte, Leuten, die Kinder gewesen waren, als sie gegangen war, und die nun erwachsene Männer und Frauen waren mit eigenen Familien. Ihr einziges Gefühl war das der Verblüffung darüber, wieviel sich verändert hatte, aber sie sah dies alles aus der Distanz. Diese erste Nacht erinnerte sie an ihren ersten Besuch in Ibusa vor langer, langer Zeit, als sie noch ein Kind gewesen war. Sie fühlte sich jetzt genauso verloren wie damals. Selbst die Art, wie die Leute redeten, hatte sich verändert, und sie hörte eine Reihe von Scherzen und Ausdrücken, die ihr nichts bedeuteten.

In den Gesichtern mancher Frauen jedoch konnte sie deutlich eine Mischung aus Hilflosigkeit und Sympathie lesen. Der einen oder den beiden, die sich in Worten ausdrückten, erwiderte Ifeyinwa: »Doch jetzt hat Joshua einen Bruder, der ihn in einem Kampf unterstützen kann. Ogochukwu wird immer dasein, um ihn von hinten zu decken«, und alle stimmten zu, daß es nichts Herzzerreißenderes gebe als ein einzelner Mann, der das Land seines Vaters verteidigt. Obwohl keiner es direkt sagte, waren offensichtlich alle über-

einstimmend der Meinung, daß Kehinde die Dinge so nehmen sollte, wie sie waren.
Ein- oder zweimal bekam sie Albert im Mittelpunkt des Geschehens zu sehen, wie er Getränke bestellte, sich um die Musik kümmerte und Komplimente über seine ältere Frau entgegennahm. Er war zurückhaltend und distanziert, als ob die Tradition einen Keil zwischen sie getrieben hätte, genauso wie sie es offenbar zwischen Joshua und ihn getan hatte, denn sonst hätte Joshua protestiert. Er mußte schnell gelernt haben, daß ein Vater hier respektiert werden sollte. Kehindes Herz schlug ihren Kindern entgegen wegen der Anpassung, die sie zu vollziehen hatten.
Es dauerte lange, bis Kehinde die Party verlassen durfte, und sie war erschöpft. Sie fiel sofort in Tiefschlaf und wurde von Bruchstücken der Vergangenheit heimgesucht, als ob ihr Geist in ihrem erschöpften Zustand Schutz in seinen eigenen Anfängen suchte.

Ursprünge 12

Es war kurz vor der Regenzeit, als wir die langen Schulferien hatten. Da ich nicht zur Schule mußte, ging ich statt dessen immer mit Tante Nnebogo zum Markt. Ich mußte früh aufstehen und mich waschen, als Olu, eines der Kinder des Vermieters, die Tür zum Hof öffnete, um ein fremdes Paar hereinzulassen.

»Dies sind Gäste für deine Mama, und sie haben ein Auto!« zischte sie mir aufgeregt zu. Wir ließen die Besucher an der Tür unseres Zimmers zurück, und sie und ich rannten nach draußen, um das Auto anzuschauen. Es war groß und schwarz, und es stand da wie eine Ente, die unter ihren Flügeln ihre Jungen behütete. Wir liefen drumherum und betasteten bewundernd seine hervorstehenden Teile. Wir hatten noch nie zuvor ein Auto von so nah gesehen. Plötzlich erinnerte ich mich, daß ich nur in ein Handtuch gewickelt war, und ich rannte zurück in den Hof, bevor Mama mich erwischen konnte.

Tante Nnebogo sprach mit einem der zwei fremden Männer, und ich blieb abrupt stehen. Da ich nicht wußte, was ich sagen sollte, sprudelte ich hervor: »Ich bin Kehinde.« Der ältere Mann lachte und sagte: »Wir wissen, wer du bist. Beeil dich und bade dich, wir müssen heute noch nach Ibusa, und wir müssen fahren, bevor es zu heiß wird.« Offensichtlich bemerkte er meinen Gesichtsausdruck, denn er erklärte weiter: »Dein Vater hat uns eine Nachricht aus Sokoto geschickt und uns gebeten, dich nach Hause zu bringen. Deine Schwester will dich sehen, bevor sie heiratet.« Er wandte sich zu Mama und sagte: »Ihre Altersgenos-

sen werden ihr beibringen, was erwartet wird. Sie ist ein Kriegskind, nicht wahr?«
Ich wußte nicht, was ein Altersgenosse war, aber ich wußte, wann ich geboren worden war: am 20. August 1943, und das erzählte ich ihm.
»Oh, noch nicht zwölf Jahre alt? Ihr Mädchen von der Küste seht so groß aus, oder kommt das von der guten Pflege deiner Tante? Deine Altersgruppe ist wie der Jahrestag, der zur Mitternacht geworden ist.«
Mama unterbrach. »Kehinde, beeil dich jetzt und geh ins Bad«, befahl sie. »Vor dir liegt eine lange Reise.« Während ich badete, packte sie meine Sachen in einen *shuku*, und meine Schulbücher kamen in eine Basttasche. Ich machte mir nicht die Mühe, mich darüber zu wundern, und ich bemerkte auch nicht die Traurigkeit meiner Tante. Ich war zu aufgeregt darüber, meinen Vater und meine Brüder und Schwestern kennenzulernen, und darüber, Antworten auf meine Fragen zu bekommen.
An der Tür umarmte mich Mama und sagte: »Paß auf dich auf. Grüß deinen Vater von mir.« Da bemerkte ich, daß sie Tränen in den Augen hatte, doch ich kletterte schon auf den Rücksitz des Autos, mit stolzgeschwellter Brust, weil Olu mir neidisch zusah. Der ältere Mann setzte sich auf den Fahrersitz und verabschiedete sich von Mama; er versprach ihr, ein Mädchen mitzubringen, wenn er aus dem Dorf zurückkam.
Wieder fragte ich mich nicht, warum Mama ein anderes Mädchen brauchte, das bei ihr lebte, wenn sie doch mich hatte. Ich war hypnotisiert vom Inneren des Autos, von seinem Geruch und dem Gefühl der Polster. Ich winkte Olu zu wie eine Königin, während wir aus der Straße hinaus und auf die Autobahn fuhren.
In Null Komma nichts, so schien es, hatten die Häuser und

Straßen dem Land Platz gemacht. Die dichte grüne Vegetation, die ich als einziges vom Autofenster aus sehen konnte, wurde monoton, und ich mußte eingeschlafen sein. Ich erwachte, als wir die Außenbezirke von Benin erreichten, eine dunstverschleierte Ansammlung aus staubbedeckten Häusern, die darauf warteten, vom Regen gewaschen zu werden. Der ältere Mann, der sagte, er sei mein Onkel, kaufte mir eine Tüte mit Bananenchips, die ich nicht essen konnte. Ich hielt sie noch in der Hand, als wir ungefähr zwei Stunden später Ibusa erreichten.

Da war ein großes, gelb gestrichenes Haus, und aus allen Richtungen eilten Leute herbei. Sie rissen meinen Korb und meine Basttasche aus den Händen der Männer, die mich gebracht hatten, und dankten demjenigen, der sagte, er sei mein Onkel. Er lächelte mich an und sagte auf Wiedersehen. Dann fuhr er fort.

In dem Meer aus Gesichtern stach das eines jungen Mädchens heraus. Sie war schlanker und älter als ich, sonst hätte ich denken können, sie sei meine Zwillingsschwester – meine lebende Taiwo. Sie trat vor, umarmte mich und sagte dabei: »Meine kleine Schwester, ich hätte dich auch auf einem überfüllten Markt erkannt. Willkommen. Ich bin deine große Schwester Ifeyinwa.«

»Du hast sie also vorher nie gesehen?« fragte eine alte Dame, die mich anlächelte und meine hölzerne Taiwo hielt. Ihr Gesicht durchzogen viele Lachfalten.

»Noch nie. Sie haben sie weggeschickt, als sie geboren wurde. Dann wurde Papa nach Sokoto versetzt, und wir haben sie nie wiedergesehen.«

Die alte Frau lächelte, als ob all die kleinen, feinen Fältchen in ihrem Gesicht meiner Schwester sagen wollten: »Weine nicht, weine nicht.« Laut sagte sie: »Aber sie lebt, und es geht ihr gut. Schau, wie mollig sie ist. Schau, wie glatt und glänzend ihre Haut ist. Schau ihre Augen an, die klar genug sind, um in die Sterne zu blicken. Wisch dir die Augen, meine Tochter. Es gibt nichts Besseres, als eine Schwester zu haben, um dem Leben Gleichgewicht zu verleihen. Wenn du im Haus deines Mannes lebst, wirst du bald aufhören zu wachsen, und sie wird dich einholen. Dann werdet ihr Frauen und Schwestern sein, und eure Freundschaft wird süßer als Honig sein.«

Unfreiwillig bebte mein Körper. Eines war ganz klar: Mama Nnebogo war nicht meine Mutter, doch ich wußte auch nicht, wo meine Mutter dann war. Ifeyinwa, meine Schwester, führte mich in das Haus und in ein Zimmer, in dem ein großer, dunkler Mann auf einem Lederstuhl saß und mit einem anderen Mann Bier trank. Dieser Mann war auch dunkel, jedoch drahtig und hatte tabakbefleckte Zähne. Der große Mann bellte: »Komm her und begrüße deinen Vater. Bist es wirklich du, meine Tochter? Kinder wachsen so schnell.« Er wandte sich an den anderen Mann und stellte mich vor.

»Dies ist Eleges letztes überlebendes Baby. Die andere ist mit ihrer Mutter gegangen.«

»Du hast sie also lange nicht gesehen?«

»Nein, Sokoto ist zu weit weg. Ich wurde nach ihrer Geburt versetzt. Komm, komm und begrüße deinen Vater«, sagte er wieder zu mir.

»Bist du mein richtiger Vater?« fragte ich und stellte mir gleichzeitig die Frage, warum ich nicht bei der übrigen Familie hatte bleiben dürfen.

Sie lachten, und der Freund meines Vaters rief aus: »Kinder von der Küste! Sie beantworten Fragen mit Fragen.«

Ich fand mich auf dem Schoß meines Vaters wieder, während er viele andere Kinder, ältere und jüngere, mir als meine Brüder und Schwestern vorstellte. Schließlich stellte

er mich einer großen blassen Frau vor; sie war so blaß, daß sie wie ein Mischling aussah. Sie hatte kühle grüne Augen, die nicht lächelten. Als mein Vater mit ihr redete, blickte sie über die Köpfe der sitzenden Männer. »Dies ist jetzt deine Mutter«, sagte mein Vater.
»Wie?« schrie ich auf. »Wie viele Mütter habe ich denn?« Sie lachten wieder, doch der Mann neben meinem Vater spürte meine Verwirrung und daß es mir nicht gefiel, wie sie mich auslachten. Er sagte: »Onourah, erklär es ihr. Die Kinder in Lagos lernen nämlich nur aus Büchern. Deshalb ist es wichtig, sie ab und zu nach Hause zu holen, damit sie auch aus dem Leben lernen können.«
Vater nickte und begann: »Diese Dame ist deine Mutter, weil sie meine Frau ist. Deine eigene Mutter starb, als du geboren wurdest.«
Er hielt inne, als er das Erschrecken in meinen Augen sah. Doch ich war nicht allzusehr schockiert, denn irgendwie hatte ich meine Mutter immer mit meiner Taiwo in Verbindung gebracht, die tot war. Ich verlor das Interesse am Rest meiner Lebensgeschichte. Ich hatte mich nach dieser geheimnisvollen Frau gesehnt, doch nun, da ich wußte, daß sie nicht mehr lebte, wollte ich plötzlich bei der Frau sein, von der ich so lange geglaubt hatte, daß sie meine Mutter sei. Ich fragte mich, wann sie mich wieder zu ihr zurückbringen würden. Mein Vater sprach wieder: »In unserer Kultur werden wenige Menschen von ihren richtigen Eltern aufgezogen. Deine richtige Mutter trägt dich neun Monate, doch denk an die, die all unsere Sorgen tragen, die uns ernähren, die uns trösten, während wir aufwachsen. Diese Frauen sind auch unsere Mütter. Die Dame, die sich seit deiner Geburt um dich gekümmert hat, hat es getan, weil sie das Gefühl hatte, du seist ihr Kind. Sie ist meine jüngere Schwester, doch sie ist auch deine Mutter. Und diese Dame hier«, und

er zeigte auf die alte Dame mit den Lachfältchen, »ist unsere große Mutter, weil sie meine ältere Schwester ist. Ifeyinwa ist deine Schwester, aber du kannst sogar sie deine kleine Mutter nennen.«

»Doch die gebildeten Leute nennen ihre kleinen Mütter ›seesita‹!« meinte unsere große Mutter lachend, die einen meiner unzähligen Brüder überwachte, der Yam zerstampfte. Einer der Männer, die nun mit meinem Vater tranken, lachte und sagte. »Mutter, ich wußte nicht, daß du dich mit Grammatik auskennst.«

»Ich bin taub. Ich kann hören, wenn die Leute englische Worte sagen wie ›I culudu‹, ›goo'money‹, ›ssesita‹, ›buloder‹ und andere.« Alle lachten wieder über die Scherze der großen Mutter über die englische Sprache. Mein Bruder Mark, der fünfzehn war und zu dem Gespräch der Erwachsenen beitragen konnte, weil er, wie mir Ifeyinwa erzählte, am King's College war, fügte hinzu: »Und nach englischen Maßstäben sind wir nicht Kehindes wirkliche Brüder und Schwestern, weil unsere Mütter verschieden sind, obwohl wir denselben Vater haben.«

Die Männer flüsterten, und einer rief: »Hat man je so einen Blödsinn gehört? Kinder vom selben Vater bezeichnen sich selber als ›halb‹. Kein Wunder, daß im Land der Weißen jeder für sich allein lebt.« Alle lachten wieder. Ich hatte noch nie so viel Gelächter gehört. Und ich war immer noch verwirrt. Ich verstand nicht, warum Tante Nnebogo mich meinen Brüdern und Schwestern weggenommen hatte, egal, ob sie nun voll oder halb waren. Ich wäre gerne bei ihnen aufgewachsen, so vertraut und nahe, wie sie einander waren. Ich mußte aufpassen, was ich sagte, denn ich wollte nicht, daß sie über mich lachten, doch ich wollte protestieren, wollte sagen, daß, wenn ich groß wäre, ich wie die Weißen sein wollte. Ich will mich nur um mich kümmern, denn mehr als elf Jahre lang wußte ich nichts von der Existenz meiner Familie. Doch Ifeyinwa fing meinen Blick auf und schüttelte den Kopf. So lächelte ich statt dessen und lachte mit. Meine große Mutter sah mein Gesicht und bemerkte: »Sieht unsere Tochter nicht aus wie Onourah?« Zum erstenmal wandte sich die schöne Frau meines Vaters, die mit den grünen Augen und der blassen Haut, von der Suppe ab, in der sie auf dem offenen Feuer rührte, und sah mich an. Sie lächelte nicht und sagte nichts.

Ifeyinwa und ich kamen uns schnell sehr nahe. Wir teilten ein Zimmer mit anderen Cousinen und Schwestern, und ich schlief neben ihr auf der großen Matratze am Boden. Es war bequemer als die Matte, auf der ich in Lagos bei Tante Nnebogo geschlafen hatte. Ifeyinwa brachte mir eine Liebe und Nähe entgegen, die ich nie zuvor erfahren hatte. »Warum haben sie mich nicht die ganze Zeit bei dir gelassen?« fragte ich sie eines Nachts. Leise, um die anderen nicht zu wecken, antwortete sie: »Sie haben geglaubt, du habest deine Schwester im Bauch deiner Mutter aufgegessen. Die Ärzte sagten unserer Mutter, sie solle etwas einnehmen, um dich auszutreiben, denn sonst würde sie sterben, doch sie sagte, sie wolle, daß du das Leben schmeckst. Da du dein *chi* und das deiner Schwester trägst, hieße es, zwei Menschen zu töten, wenn man dich sterben ließe. Als sie bei deiner Geburt starb, gab sie dir auch ihr *chi.* Alle hatten Angst davor, sich um so ein Kind zu kümmern. Die traurige mit den Schlangenaugen weigerte sich, dich aufzunehmen, weil du ihren Kindern Unglück bringen könntest. Aber Tante Nnebogo nahm dich auf, und nach dem, was wir gehört haben, brachtest du ihr Glück statt Unglück. Doch vor kurzem schrieb sie, du fragtest dauernd nach deiner Mutter und akzeptiertest sie nicht mehr. Wenn sie dir von Anfang an die Wahrheit gesagt hätten, hättest du gewußt, daß du keine richtige Mutter hast, und du hättest sie als die Mutter angenommen, die du verloren hast. Doch sie hielten es geheim, und natürlich wurdest du neugierig. Ich glaube, jetzt planen sie, dich auf ein Internat zu schicken. Du Glückliche! Ich bin nicht so schlau wie du, weil ich viel im Haushalt arbeiten mußte, um der Grünäugigen und ihren unzähligen Babys zu helfen. Das Gute ist, daß mein Mann in Lagos arbeitet, und deine Schule befindet sich kurz vor Lagos, deshalb kannst du in den Ferien bei mir oder bei Tante Nnebogo wohnen. Doch das Familienhaus ist in Sokoto! Puh, es ist wie ein Zoo. Alle kriegen andauernd Kinder. Dir würde es dort nicht gefallen.«

»Du magst die Frau unseres Vaters nicht sehr, oder, Schwester Ifeyinwa?«

»Wie kann man eine Frau mögen, die nie lächelt, einfach nur weil sie schön ist und viele Kinder hat? Mach dir keine Sorgen, nach deiner Schulzeit, nur noch ein paar Jahre, wirst du einen Mann finden, der dich liebt, und dann hast du deine eigene Familie. Du wirst dich gut verheiraten wegen der Ausbildung, die Vater für dich vorbereitet.«

In dieser Nacht weinte ich um die Mutter, die ich nicht kannte. Ifeyinwa wußte, worum ich weinte, und hielt mich in der Dunkelheit fest und weinte auch. Dann schliefen wir ein.

Meine Schwester Ifeyinwa war dunkel und schlank. Sie hatte schon kleine Brüste wie meine große Freundin Malechi in der Macaullum Street. Ich wollte auch Brüste. Manchmal band ich Zitronen in mein Schulkleid und tat so, als ob, aber schnell ließ ich sie herabrollen, wenn ich merkte, daß jemand mich anstarrte.

Wir Mädchen mußten jeden Morgen zum Fluß gehen, und eines Tages fragte ich Ifeyinwa, wie lange es noch dauern

würde, bis ich auch Brüste bekäme. Meine Schwester beantwortete geduldig alle meine Fragen. Sie wurde nur ungeduldig, wenn ich mich weigerte, das zu tun, was sie sagte.
»Wenn du älter bist«, sagte sie und zählte an den Fingern ab. »In zwei Jahren oder so wirst du Brüste bekommen, und du wirst bluten. Und dann wirst du bereit zur Ehe sein.«
»Wann wird das sein?«
»In ein paar Jahren, wenn die Zeit gekommen ist.«
»Warum werde ich bluten?«
»Du wirst bluten, um Kinder zu bekommen, doch du darfst es nicht allen mitteilen, denn es ist dein Geheimnis. Und du mußt dich sauberhalten.«
»Warum, riecht Blut?«
»Oh, oh, *jugo*! Mit so vielen Fragen wirst du mich noch aus der Welt treiben!«
Ein paar Wochen später trugen wir alle weiße Gewänder und gingen zum Markt, um das Leben unserer Mutter zu feiern. Ich hatte *ehulu* in meinem Haar, um meinen Hals und meine Handgelenke. Ifeyinwa, die die *adah*, die älteste Tochter unserer Mutter war, tanzte abwechselnd mit jeder Gruppe, während meine Brüder und ich hinter ihr herkamen. Meine Mutter war anerkanntermaßen eine Frau, deren Leben es wert war, gefeiert zu werden, eine Mutter von sieben Jungen und zwei Mädchen. Mein Vater stellte sicher, daß jeder von uns professionelle Lobsinger bekam. Einen Gruppe Tänzer aus Ifeyinwas neuer Familie führte so viele akrobatische Akte vor, daß ich manchmal vergaß, daß ich zu den Leidtragenden gehörte und mich locker zu der Musik meiner Lobsinger bewegen sollte, anstatt sie anzustarren.
Große Mutter lehrte mich, wie ich den schwarzen Pferdeschweif schütteln mußte, den ich trug, und wie ich zwei Schritte vor und einen zurück tun mußte, während ich antwortete: »Eh, eh, onmu, onmu«, wenn mein Name ge-

priesen wurde. Die Sänger riefen: »Wer hat das *chi* von drei großen Frauen in sich?«, und ich antwortete: »Onmu, ich bin es.«

»Wer kam als zwei Samen in einem?« »Onmu, eh, eh, eh.«

Ich war fasziniert von den Männern, die kraftvoll die Trommeln schlugen, die von jüngeren Männern getragen wurden. Während sie trommelten, hoben wir unsere schwarzen Pferdeschweife in die Höhe und traten vor und zurück. Unsere Hände hoben sich im Rhythmus der Trommeln auf und nieder.

Auf dem Marktplatz bildete sich ein Kreis, damit wir tanzen konnten. Ifeyinwa und ich, die einzigen Töchter unserer Mutter, tanzten zuerst. Der Körper meiner Schwester war wie Gummi; er rollte sich zusammen und wieder auf, als ob er keine Knochen hätte, während ihre Arme, mit zwei schweren Pferdeschweifen in den Händen, sich im Tanz hoben und senkten. Wenn die Jungen tanzten, stampften sie schwer, wirbelten Staub auf und sprangen, und sie hielten ihre Pferdeschweife in die Höhe, als ob sie in den Himmel schießen wollten. Wir Mädchen mußten unsere auf anmutigere Weise tragen. Nach dem Tanz brachten wir eine riesige Kuh zur Familie meiner Mutter, um ihr dafür zu danken, daß sie uns unsere Mutter gegeben hatte. Sie schenkten uns Yams und Kolanüsse und versicherten uns, daß, wenn wir uns im Haus unseres Vaters schlecht behandelt fühlten, wir immer auf den Besitz unserer Mutter zurückkehren könnten. Wieder wurden uns andere Frauen als Mütter vorgestellt, doch inzwischen war ich abgelenkt von den akrobatischen Tänzern und hörte nicht mehr zu. Meine Schwester und mein großer Bruder, der in diesem Jahr auf die Universität kam, lauschten jedoch aufmerksam. Zwei Wochen später kamen die Leute von Ifeyinwas Mann, um sie mitzunehmen. Sie ging abends, und wir alle sangen ihr Lob und trugen Hurrikanlampen, um den Weg zu ihrem neuen Heim zu beleuchten. Ifeyinwa weinte während der Feier, bei der unser Vater für ihr Glück betete.

Nachdem sie fort war, blieb ich noch vier Tage, doch es machte keinen Spaß mehr, und ich vermißte Ifeyinwa. Am vierten Tag setzten sie mich in einen Bus, der einige Schüler in dieselbe Klosterschule brachte, in die ich gehen sollte. Ich vermißte meinen Vater nicht. Er hatte so viele Leute zu lieben, daß ich mir unbedeutend vorkam.

Meine Brüder halfen mir, meine wenigen Besitztümer zur Busgarage zu bringen. Ich habe meine Brüder nie gut gekannt, da ich nicht mit ihnen aufwuchs, und ich hatte das Gefühl, sie wären Götter, mit denen man nur bei seltenen und wichtigen Gelegenheiten sprach. Unsere große Mutter kam mit uns und war voll von Ratschlägen und Gebeten. Sie sagte, ich solle ihr oft schreiben, doch zu meiner Beschämung muß ich sagen, daß ich nie schrieb, weil sie nicht lesen konnte, was bedeutete, daß das, was ich ihr sagte, bald alle wissen würden. In dem Kloster außerhalb von Lagos erwarb ich mir neue Freunde, die wichtiger wurden als meine Familie. Unsere Leute schreiben nicht viele Briefe, sondern ziehen es vor, einem ins Gesicht zu sehen. Da ich nichts von meiner Familie in Sokoto und auch nichts von der in Ibusa hörte, schloß mein neues Leben sie aus.

Doch meine Schwester Ifi kam weiterhin zu mir und versuchte, die Zeit, die wir als Kinder verloren hatten, nachzuholen. Ich konnte erkennen, daß ihr Leben nicht leicht war. Wir weinten beide an dem Tag, als sie kam, um mir mitzuteilen, daß Tante Nnebogo gestorben war. Ich erzählte es unserem Pater Reverend, und die Schwestern im Kloster ermutigten mich, sie zu betrauern wie meine richtige Mutter. Ich wünschte, ich hätte sie sehen können, bevor sie starb, doch sie verließ Lagos und ging nach Kaduna, kurz nachdem ich ihr Haus verlassen hatte. Vielleicht vermißte sie mich, doch ich hatte keine Ahnung davon. Wir lasen eine Messe für ihre Seele. Danach konzentrierte sich mein Leben auf meine Bücher, darauf, einen Abschluß zu bekommen und das Kloster zu verlassen, um zu heiraten.

Albert kam eines Tages, um die Tochter eines Nachbarn zu besuchen, und wir entdeckten, daß wir beide aus Ibusa stammten. Er war noch in der Eko High-School für Jungen. Unsere Freundschaft entwickelte sich, während meine Schwester Ifeyinwa durch die Geburt ihrer Babys immer ferner rückte. Als sie mir erzählte, daß ihr Mann eine andere Frau geheiratet habe, hatte ich das Gefühl, als wollte ich sie alle aus meinem Geist ausradieren. Albert vertrat die Haltung, daß Polygamie für Frauen degradierend sei, wobei er sich auf seine eigene Erfahrung mit den zwei Frauen seines Vaters stützte. Ich dachte deshalb, daß wir in dieser Sache einer Meinung seien.

Einmal, während der Osterferien, besuchte ich Ifeyinwa, und was ich von ihrer Lebensweise sah, nahm mir für immer die Lust auf große Familien und Polygamie. Nach der fast klinischen Sauberkeit des Klosters fand ich sogar nur ein paar Tage dort chaotisch und ohne jede Privatsphäre. Ich kehrte vor allen anderen in die Schule zurück, und die Nonnen lachten. Danach hätte ich den Kontakt mit meiner Vergangenheit verloren, wäre Ifi nicht weiterhin gekommen, die nicht beleidigt darüber war, daß ich ihre Lebensweise ablehnte.

Als es klarwurde, daß Albert nach England gehen würde, bat er mich, ihn zu heiraten, und ich stimmte glücklich zu. Ich dachte, wir würden so für immer der Lebensweise unserer Eltern entfliehen, und Ifi erinnerte mich daran: »Habe ich dir nicht gesagt, daß du dich gut verheiraten würdest?«

Besuch in der Schule 13

Es war der dritte Tag, seit Kehinde aus London gekommen war, und sie war immer noch nicht mit Albert in einem Zimmer allein gewesen, da er ständig von Freunden und Verwandten umgeben war. Oft dachte sie, daß sie ihn dabei erwischt habe, wie er ihr verstohlen einen Blick aus rotgeränderten und sehnsüchtigen Augen zuwarf, doch wenn er mit seinen Verwandten fertig war, lag sie bereits im Bett.

In der dritten Nacht erwachte Kehinde, weil sie spürte, wie sich seine Hände über ihren Körper bewegten. Sie hatte im Geiste viele Dinge geprobt, die sie sagen wollte, wenn Albert schließlich zu ihr käme, doch mit dieser unerwarteten Situation hatte sie nicht gerechnet. Statt kühl und distanziert zu sein, wie sie es geplant hatte, fragte sie abrupt: »Was willst du von mir, Albert?«

Er war verblüfft und antwortete leise: »Dir muß klar sein, daß wir in Nigeria sind. Alles ist hier anders.«

»Das sehe ich. Du brauchst mich jetzt nicht. Ich wünsche bei Gott, du hättest den Mut gehabt, mir all dies zu sagen, bevor ich meinen Job in England aufgegeben habe.«

»Habe ich nicht versucht, dich aufzuhalten, und hast du zugehört?«

Kehinde stand auf, schob Albert weg und knipste das Licht an, dankbar dafür, daß der Strom ausnahmsweise nicht abgeschaltet war. Das Einzelzimmer wurde von einer nackten Birne erhellt, die an einem dünnen Kabel baumelte und von einem ekelhaft blauen Schirm aus durchsichtigem Papier umhüllt war. Kehinde argwöhnte trotz Ifeyinwas Protesten, daß das Zimmer von Joshua und Bimpe benutzt und eilig für sie hergerichtet worden war. Und sie sollte dafür sogar noch dankbar sein. »Warum hast du mich gemieden, Alby?« fragte sie.

»Dich gemieden? Mach dich nicht lächerlich. Siehst du nicht, wie geschäftig das Leben hier ist? Morgen ist Samstag, und wir werden Joshua und Bimpe in ihrer Schule besuchen.«

Kehinde bemerkte, daß Albert bereits aufstand und nicht dagegen protestiert hatte, daß sie das Licht anmachte. Moriammos Warnung klang ihr in den Ohren: »Nigeria is ein Männerland. Sie kriegen jede Menge Frauen, die hinter ihnen her sind.«

Albert redete immer noch. »Nächste Woche werden wir anfangen, dir eine Arbeit zu suchen. Hier arbeitet jede gebildete Frau.«

»Ich habe immer gearbeitet. Was also ist neu daran?«

»Hier ist es anders. Hier ist es für Frauen ein Muß.«

»Das weiß ich. Dies hier ist Afrika, wo die Frauen die ganze Arbeit machen. Ich werde nicht von dir abhängig sein. Ich werde arbeiten, um mich zu ernähren.«

»Ich weiß, daß du wütend bist. Aber schau doch zurück, Kehinde. Mein Vater hatte zwei Frauen, deiner hatte drei, welche abscheuliche Sünde habe ich also begangen?« Alberts Stimme knirschte.

»Haben sie in der Kirche geheiratet? Wir hatten eine kirchliche Trauung, oder hast du das vergessen? Bedeuten dir denn all diese Versprechungen gar nichts?«

»Das tut doch jeder wegen der Einwanderung, und außerdem wurde Rike schwanger.« Seine Stimme hob sich, da er sich herausgefordert fühlte. Jetzt war Kehinde wirklich interessiert. Sie wollte wissen, wie er innerhalb von vierundzwanzig Monaten einen Sohn gezeugt und ein weiteres Kind hervorgebracht haben konnte, wie er tatsächlich eine andere Frau in das Haus aufnehmen konnte, von dem er wußte, daß sie hier leben würde.

»Sie wurde also schwanger, und natürlich hast du noch nie zuvor eine Frau geschwängert. Herzlichen Glückwunsch, Vater eines Sohnes!«

»Du verstehst nicht. Das Kind Ogochukwu wurde unter einem glücklichen Stern geboren. Ein *woli* erzählte mir von ihm, bevor er geboren war. Sobald ich seine Mutter akzeptierte und ihr gestattete, meine Frau zu werden, bekam ich diesen gutbezahlten Job. Der *woli* sagte mir, daß das Kind uns allen soviel Glück bringen werde, daß wir nicht wissen würden, was über uns gekommen ist.« Er näherte sich Kehinde, die zum Fenster ging und Albert ins Gesicht sah, während sie seiner Geschichte lauschte, als ob es ein Mitternachtsmärchen wäre. »Ich ... ich erinnere mich an den Jungen, den wir verloren haben. Nun, ich wollte nicht, daß dasselbe noch einmal passiert. Meine Schwestern haben Rike mit mir gesehen. Und, Kehinde, sie ist wirklich nicht schlecht. Sie ist sehr respektvoll und wird dich als ihre Mutter akzeptieren, du wirst schon sehen. Du hast gesagt, du wolltest die Mühen einer weiteren Schwangerschaft nicht mehr ertragen. Nun, sie ist jung. Sie hat einen guten Job an der Universität und kommt gleichzeitig mit der Geburt ihrer Babys zurecht ...

Kehinde traute ihren Ohren nicht. »So haben wir nicht geplant. Wir konnten das Baby nicht behalten, weil wir kein Geld hatten. Und ein paar Monate später überzeugt dich ein Prophet davon, daß du einen Messias bekommst. O Albert, was ist mit dir passiert ...« Sie verstummte, bevor sie ihre Schwäche zeigen würde. Sie erriet, daß der Prophet aus Rikes Kirche kommen mußte. In England ging Albert nur in die Kirche, um Joshua und Bimpe in eine katholische Schule zu bekommen. Den Albert, den sie gekannt hatte, gab es nicht mehr. Wenn Rike Mitglied einer charismatischen Kirche war und wenn Albert beigetreten war, bewegte sie sich auf sehr unsicherem Boden. In kurzer Zeit würden sie anfangen, Visionen zu haben, in denen sie schlechte Gefühle Rike gegenüber hätte, und sie würden recht damit haben. Einen Augenblick hatte sie das Gefühl, daß die Ungeheuerlichkeit, mit der sie konfrontiert war, sie erdrückte. Doch sie war immer noch die Mutter von Joshua und Bimpe, und sie durfte sich nicht gehenzulassen.

Kehinde war sich nicht sicher, wann ein unruhiger Schlaf sie überwältigt hatte, doch sie blieb noch lange wach, nachdem Albert gegangen war. Dann hörte sie die Geräusche des Morgens aus allen Zimmern dringen. Rike schickte mit ihrer klangvollen, gebildeten Stimme ihr Mädchen fort. Ihr Kind weinte. Kehinde stand widerstrebend auf, ihr Körper war steif. Sie hatte das Gefühl, sterben zu wollen. Dies sollte ihre Familie sein, und sie kamen wunderbar ohne sie zurecht. Keiner hatte sich die Mühe gemacht, sie zu rufen. Sie mußten den Streit gehört haben, den sie und Albert in der Nacht gehabt hatten. Er hatte versucht, die Stimme zu senken, doch sie war so verletzt gewesen, daß es ihr egal war, wer zuhörte. Hier gab es keine Privatsphäre. Sie lächelte schief. »Die Familie wird morgen unsere Kinder besuchen. Du solltest besser mitkommen, sie erwarten dich«, hatte Albert gesagt, als er ihr Zimmer verließ. *Meine* Kinder sind jetzt »unsere« Kinder, dachte Kehinde und sah die Geschenke an, die sie ihnen mitgebracht hatte. Um ihre Bedürfnisse kümmerten sich jetzt Rike und Mama Kaduna. Doch Kehinde beschloß hinzufahren; schließlich waren es ihre Kinder, sie konnten sich nicht so sehr verändert haben. Sie zog sich an und ging zu den anderen. Pakete mit Essen wurden in

den Kofferraum des Autos gestapelt, als ob sie in ein Flüchtlingslager fahren wollten.
Kehinde wollte sich auf den Vordersitz des Jaguars setzen, wie sie es in London getan hatte; sie forderte Rike dazu heraus, ihr Recht anzufechten, neben Albert zu sitzen. Statt dessen hielt Mama Kadunas rauhes Gelächter sie zurück. Der Tonfall des Lachens sagte ihr, daß etwas nicht stimmte. Er war spielerisch, doch voller Kummer. Sie sah die Leute an, die herumstanden, doch sie schauten einfach weg oder blickten auf die staubige Straße.
»Meine Frau, ich komme auch«, sagte Mama Kaduna mit gefährlich leiser Stimme. Kehinde war zu neu, um die Warnung zu hören. »O ja, Ma, ich weiß«, sagte sie, während sie sich setzte. Alberts Gesicht blieb unbewegt, doch Mama Kaduna ließ einen Wortschwall aus Zorn und Beleidigungen los.
»Ich sage, ich komme mit euch. Was ist los mit dir? Glaubst du, ich bin den ganzen Weg von Kaduna gekommen, nur um dich willkommen zu heißen? Ich bin gekommen, um zu sehen, wie es den Kindern geht. Wer denkst du denn, wer du bist? Siehst du nicht deine Gefährtin Rike? Siehst du nicht, daß sie hinten mit ihrem Mädchen und ihrem Baby sitzt? Wenn wir, die Verwandten des Oberhauptes der Familie, hier sind, nehmen wir den Ehrenplatz neben unserem Albert ein. Wenn du die Häuser deiner Brüder besuchst, wird dir die gleiche Ehre zukommen. Also geh nach hinten und laß uns fahren.«
Kehinde starb fast vor Scham. Sie sah, daß sogar Grace, das Mädchen, ihren Mund bedeckte, um nicht zu lachen. Nur junge Bräute ohne ausreichende Ausbildung machen solche Fehler. Kehinde riß sich zusammen und zwang sich zu einer Entschuldigung. »Ja, tut mir leid, Tante Selina. Zu lange weg gewesen. Nicht böse gemeint.« Albert tat so, als

hörte er nichts, und Mama Kaduna machte sich nicht die Mühe, die Entschuldigung anzunehmen. Kehinde quetschte sich hinten ins Auto neben Rike, ihrem Baby und dem Mädchen. Albert schaltete einen nigerianischen Schlager im Radio ein, doch Mama Kadunas Stimme übertönte die Musik. Ein- oder zweimal fing Albert Kehindes Blick im Spiegel auf, sah jedoch schnell weg, damit die anderen es nicht merkten. Kehinde wußte, daß ihm im Grunde seines Herzens das alles nicht gefiel.

Albert hatte in das Nigeria seiner Jugend zurückkommen wollen, doch jenes Nigeria gab es nicht mehr, wo Leute wie sein Vater glücklich gewesen waren, als Wäscher, Bootsreiniger oder Holzträger arbeiteten und die Frauen der Familie nicht zur Schule gingen. Dieses Nigeria war ein nostalgischer Traum. Er fragte sich, was Kehinde nun tun würde, denn er war nicht blind für ihre Schwierigkeiten. Er tröstete sich damit, daß sie, sobald sie eine Arbeit hatte, sich einrichten würde.

»Unser Ehemann fährt so vorsichtig«, sagte Rike, der nichts entging, beiläufig.

Unser Ehemann? O ja, unser Ehemann. Albert war nun »unser Ehemann« oder »Joshuas Vater«, wie Ifeyinwa am Tag ihrer Ankunft erklärt hatte. Kehinde sah, daß er versuchte, drei Dinge gleichzeitig zu machen: dem Autoradio zuzuhören, dem Wortschwall seiner Schwester zu folgen und sicher im dichten Verkehr von Lagos zu steuern.

Kehinde war in Erinnerungen vertieft. Sie sah sich in ihrem Pelzmantel, sah ihre übereinandergeschlagenen Beine, wie sie nicht mit Alby reden wollte und der Musik lauschte, während er ihr verstohlene Blicke zuwarf, um zu sehen, ob sie in der Stimmung war, zu reden. Sie tat so, als sähe sie ihn nicht, und er schaute dann noch einmal herüber und hüstelte vielleicht trocken. Dann sagte sie: »Was ist, Alby?« Man

sagt, daß Frauen viel reden, doch die vielen Jahre mit Albert hatten sie gelehrt, daß sie ihn leichter erreichte, wenn sie schwieg, und sie hatte diese Kunst vervollkommnet, ließ ihn reden, während sie mit halbem Ohr zuhörte.
Hier sollten die Frauen zusammenhalten, und eine Ehefrau mußte ihrem Mann genug Raum geben, um ein Mann zu sein. Dies war nicht neu für sie, warum also fand sie es so schwierig zu akzeptieren? Sie spürte, daß sie betrogen und unterschätzt wurde. Sie sah Alberts junge Frau an, eine viel gebildetere Frau, die sich der Tradition beugte. Doch dadurch hatte sie ein Heim und eine große, erweiterte Familie erworben, zu der ihre Kinder gehören konnten. Trotz ihres Doktortitels hatte sie sich an einen Mann gehängt, der sechzehn Jahre älter war als sie und eine Frau und zwei Kinder in England hatte. Kehinde wußte, daß sie gegen Rike mit ihrer Lagos-Raffinesse keine Chance hatte. Sie spielten nicht nach den gleichen Regeln.
»Mir gefällt dieser Teil von Lagos. Hier ist weniger Verkehr, und die Häuser sind so schön und gepflegt. Findest du nicht, daß die Straßen schön aussehen, Mummy?« fragte Rike. Kehinde, die in ihre Gedanken versunken war, hörte sie nicht. »Kehinde, Tochter von Nwabueze, bist du noch bei uns?« ertönte die explosive und ungeduldige Stimme von Mama Kaduna. »Deine Gefährtin redet mit dir.«
Kehinde erwachte und entschuldigte sich. »Tut mir leid, meine Gedanken sind einfach rumgewandert. Tut mir leid, was haste gesagt?« Alle lachten, doch Rike wiederholte ihre Frage nicht. Es sah aus, als ob alle darauf aus wären, sie bloßzustellen. Sie zuckte die Achseln, wandte ihre Aufmerksamkeit der Landschaft zu und kümmerte sich nicht mehr um die Menschen um sie herum.
Mama Kaduna fuhr genau da mit ihren Kommentaren fort, wo sie aufgehört hatte. Albert beschloß, die Stimme seiner

Schwester untergehen zu lassen, indem er leise zur Musik mitpfiff, doch ihr war es egal, ob man ihr zuhörte oder nicht. Sie redete weiter.

Das Auto machte eine scharfe Kurve auf einer kiesbestreuten Straße, die mit dichtem Gebüsch und Bäumen bestanden war. Am Ende der Straße stand, genau in der Mitte wie ein urinierender Elefant, die Schule, eine riesige, überladene Scheußlichkeit. Eine Fahnenstange auf dem Dach trug stolz die grün-weiße Nationalflagge. Vor dem Haus parkten Autos verschiedenster Fabrikate und in jedem erdenklichen Zustand der Auflösung, während Familien mit Mitgliedern aller Altersgruppen – von Urgroßeltern bis zu Babys – kamen und gingen, angezogen wie zu Weihnachten.

»Das ist die Schule«, verkündete Albert.

Der Hausmeister kannte Mama Kaduna und begrüßte sie überschwenglich, fragte, wie es ihr gehe, wie ihre Reise aus dem Land der Hausa gewesen sei, und sagte, daß er hoffe und zu Allah bete, daß es ihrer Familie zu Hause gutgehe. Schließlich ging Grace, die aus langer Erfahrung wußte, wann die Begrüßung verebbte, zum Kofferraum und holte die versilberte Schüssel, in der alle möglichen Nahrungsmittel steckten, von Kolanüssen bis zu Fleischstücken, von gebackenen Schnecken bis zu *akara*. Obendrauf lag ein spezielles, in Zeitungspapier eingewickeltes Paket. Mama Kaduna nahm dieses Paket und gab es dem Hausmeister. Der Mann verbeugte sich, so tief es seine kurzen Beine zuließen, verbeugte sich jedoch noch zwei Zentimeter tiefer, als er sah, wie Albert lässig aus dem Auto stieg. Er steckte das Paket in sein Hemd und rannte los, um die Besucher ins Haus zu bitten. Sie wurden in ein kühles Zimmer geführt, in dem bequeme Stühle an den weißgestrichenen Wänden standen. Durch eine Tür, die auf das Gelände hinausging, konnte Kehinde helle kleine Bungalows um ein offenes Feld gruppiert sehen, zwischen denen junge Leute in gestärkten weißen Uniformen hin und her liefen. Von vorne hätte man niemals erraten, daß das Gelände so groß war, mit offenen Veranden, die von Palmen und Bananenbäumen gesäumt waren. Kehinde war froh, ihre Kinder in so einer Umgebung zu wissen. Ihr Glück steigerte sich noch, als Joshua und Bimpe erschienen, groß, gesund und mit einem Benehmen wie respektvolle nigerianische Kinder. Für sie zumindest war der Umzug gut gewesen. Wenn sie ihr gegenüber ein wenig zurückhaltend wirkten, so schrieb sie dies der Anwesenheit so vieler Erwachsener zu und freute sich darauf, sie allein zu sehen. Sie gingen locker und vertraut mit Rike um und waren liebevoll zu dem Baby. Kehinde war sowohl erleichtert, daß sie sich offenbar ohne traumatische Erfahrungen anpassen konnten, als auch bestärkt in ihrer Meinung, daß es für sie keinen Platz in der Familie gab. Der Kreis hatte sich in ihrer Abwesenheit geschlossen, und sie hatte nicht die Kraft, sich ihren Weg in diesen Kreis zu erkämpfen.

Brief an Moriammo 14

Liebe Moriammo,
ich muß Dir einfach diesen Brief schreiben in der Hoffnung, daß Du ihn bekommst und daß Deine Familie gesund ist. Wie geht es Olumide? Spielt er für Manchester United? Uns hier geht es allen gut, doch es gibt viele Geschichten, so voll und verschieden, daß, wenn ein Prophet sie mir vor Monaten erzählt hätte, ich ihm geraten hätte, sich nach einem anderen Beruf umzusehen.
An dem Tag, als ich abflog, traf ich Tunde am Flughafen. Er sagte, er sei überrascht, mich zu sehen. Können unsere Ehemänner nicht gut spielen? Doch er spielte nicht gut genug, und ich konnte die Erleichterung in seinem Gesicht erkennen, als ihm klarwurde, daß ich endlich nach Hause flog, um bei Albert zu sein.
Warum fühlen sich unsere Männer bedroht, wenn eine Frau Spuren von Unabhängigkeit zeigt, weil sie eine Zeitlang allein leben will? Denn so habe ich es gesehen. Erinnerst Du Dich an den Tag, als Du Olumide in »mein Haus« gebracht hast? Ich nenne es jetzt mein Haus, weil das genau wird es sein: mein Haus, nicht unser Haus. Egal, erinnerst Du Dich an den Tag? Wie entspannt wir waren, wie Schulmädchen. Uns war es egal, daß die Banane, die wir buken, halbverbrannt war, weil wir miteinander redeten. Ich habe sogar dieses schlimme Video eingelegt, und wir haben es uns angesehen, genauso wie Männer. Ich fand nichts Schlimmes dabei, Du etwa? Es war harmloser Spaß. Schließlich verdienten wir mehr als unsere Männer, und wir hatten bessere Jobs. Deshalb verstand ich nicht, warum Du Dich schuldig fühltest und damit einverstanden warst, daß

Tunde mich ablehnte. Ich dachte, unsere Freundschaft sei darüber hinaus und daß wir eher wie Schwestern wären. Manchmal hielt ich Dich sogar fälschlicherweise für meine Taiwo, die ein Vakuum hinterließ, das erst gefüllt wurde, als ich Dich vor neunzehn Jahren kennenlernte, als wir beide nervöse junge Mädchen waren, die sich darauf vorbereiteten, nach England zu unseren zukünftigen Ehemännern zu gehen. Erinnerst Du Dich, wieviel Angst Du hattest, weil Du Tunde noch nie zuvor gesehen hattest? Deine Eltern hatten Dir erzählt, er käme aus einer sehr guten Familie, und Du hattest sein Foto dabei. Erinnerst Du Dich, wie wir diese furchtbaren Köche auf dem Schiff fragten, ob sie wüßten, wie alt das Foto sei, und wie sie uns antworteten, es sei vor fünfzig Jahren aufgenommen? Wir weinten beide, weil wir dachten, Du würdest zu einem alten Mann gehen. Ich versprach, daß ich mich um Dich kümmern würde, falls Dir Tunde nicht gefiele. Erinnerst Du Dich, wie wir in derselben Koje schliefen und uns aneinanderklammerten? Du hattest große Angst, weil Du Jungfrau warst und nicht wußtest, ob die erste Nacht so voller Schmerzen sein würde, wie andere Frauen es erzählt hatten. Ich beruhigte Dich, es würde nicht so schlimm sein, denn Albert und ich hatten es schon oft in seiner Junggesellenbude in der Tappa Street gemacht. Was für eine Erleichterung, als wir entdeckten, daß Tunde genauso mager war wie Albert! Und aus dem, was Du mir später erzähltest, entnahm ich, daß der Schmerz in jener ersten Nacht ein glücklicher Schmerz war, denn er war liebevoll und hatte viel Erfahrung.

Das mit dem Kinderwagen war Pech. Wir hätten es uns leisten können, Olumide zehn Kinderwagen zu kaufen, wenn er gewollt hätte, aber nur weil Tunde ihn gekauft hatte, machte er soviel palava *darum. Sag mir nicht, er habe es nicht getan, ich konnte es aus dem wenigen erraten, das Du mir erzählt hast. Und danach begannst Du, Dich seltsam zu benehmen.*

Hier passieren Dinge, wie ich vorher gesagt habe, von denen ich nie geglaubt hätte, daß sie passieren könnten. Albert – oh, ich vergaß, ich darf ihn nicht so nennen, weil ich ihm nicht den Namen gegeben habe. (Er gab mir nicht den Namen Kehinde, doch er darf meinen Namen sogar mitten auf dem Marktplatz herumschreien.) Ich muß sagen: »Joshuas Vater« oder »unser Ehemann«. Er kam erst drei Tage nach meiner Ankunft in mein Zimmer, und zwar mitten in der Nacht und halbherzig, als ob er seine ehelichen Rechte einfordern wollte. Natürlich weigerte ich mich, und ich nehme an, er hat das erwartet. Er kam nur in mein Zimmer, um seine Pflicht zu erfüllen, nicht um intim oder liebevoll zu sein. Das hat er alles in England zurückgelassen.

Meine Schwester Ifeyinwa hat mir geraten, mich nicht schlecht zu benehmen. Sie hat mir geraten, meine Stimme zu senken und seine Entschuldigung anzunehmen, wann immer er sie mir anböte. Meine Schwester hat viel Unsinn geredet. Sie hat Angst um mich. Sie würde Dir gefallen, aber wenn man sie ansieht, könnte man meinen, die Ehe sei ein Gefängnis. Sie sieht ungefähr so gesund aus wie ein zwei Tage altes Hühnchen, das in den Regen gekommen ist. Und Entschuldigungen von Albert? Er hat keine vorgebracht. Warum sollte er? Schließlich hat er kein Verbrechen gegen die Menschlichkeit begangen, er hat nur Rike geheiratet und einen Jungen gezeugt, und noch einer ist unterwegs, ohne daß ich etwas davon wußte. Ja, Moriammo, er hat eine andere Frau. Sie ist Dozentin und hat einen Doktortitel. Sie hat ein Mädchen. Sie hat einen Peugeot. Sie hat einen zwölf Monate alten Sohn. Und ich bin sicher, daß sie noch einen Sohn bekommen wird. Du kennst meinen Mann – unseren Mann –, er kann sich nicht hinsetzen und ein Buch lesen, doch nun ist er mit einer Frau verheiratet, die einen Doktortitel in Literatur hat!

Ich war bei mehreren Vorstellungsgesprächen, doch wie wir

vermutet haben, wollen sie jüngere Leute. Wenn sie liberal genug sind, eine Frau zu beschäftigen, wollen sie eine jüngere mit Zeugnissen. Außer wenn ich mich dazu herabließe, Sekretärin zu sein, und selbst dafür bin ich nicht qualifiziert. Also bleib bei deinem Job. Erfahrung? Keiner redet hier von Erfahrung. Du mußt Zeugnisse vorlegen, oder du gehst unter.

Das macht mein Leben unerträglich. Albert reist viel. Seine Arbeit führt ihn in den Norden, wo er wochenlang bleibt. Wenn er zurückkommt, gibt es immer eine Art Feier. Seine Schwestern kommen her, und alle Verwandten zeigen sich, während seine kleine Frau shakara *macht – sich badet, sich einparfümiert usw. Wenn Albert fort ist, konzentriert sie ihre ganze Energie auf ihre Arbeit an der Uni. Ehrlich, Moriammo, Albert hat mich gedemütigt, und am schlimmsten ist es, daß ich finanziell von ihm abhängig bin. Er gab mir das erste Haushaltsgeld in über achtzehn Jahren Ehe, und ich mußte es annehmen. Als ich mich weigerte, niederzuknien, um es anzunehmen, sprachen seine Schwestern eine Strafe von einem Hahn aus. Ich brauchte die Hälfte des Haushaltsgeldes, um die Strafe zu zahlen. Dies hier ist eine Männerwelt. Kein Wunder, daß so viele Männer trotz ihres Erfolges im Ausland so gerne heimkehren. Ehrlich, wenn die Kinder nicht wären, wäre ich schon lange wieder zurückgekommen. Aber jetzt habe ich kein Geld für den Rückflug.*

Kannst du Mary Elikwu für mich ausfindig machen? Ich habe versucht, sie zu erreichen, bevor ich abgereist bin. Seit dem Abend von Alberts Party belastete sie mein Gewissen. Sie hat Voraussicht bewiesen, indem sie aufs College ging und sich bildete, nachdem sie so viele Kinder bekommen hatte. Kinder großzuziehen reicht nicht mehr. Retten kann uns Frauen nur das große »B« von Bildung. Dieses Mädchen, Rike, muß nicht einmal mit uns leben, weil ihre Bildung sie unabhängig gemacht hat, doch sie ist zufrieden, eine afrikanische Ehefrau in einer Igbo-Kultur zu sein. Wie kommt es, daß wir in England das alles nicht gesehen haben? Ich denke, vielleicht hat Mary Elikwu es gesehen. Antworte mir bald.

Deine Freundin,
Kehinde Okolo.

Als Kehinde diesen Brief aufgegeben hatte, fühlte sie sich leichter, als ob sie gebeichtet hätte. Es war wie immer ein heißer Tag, und für diese Tageszeit war die Luftfeuchtigkeit sehr hoch. Die Leute von Lagos gingen gerne langsam, zogen die Füße nach, doch an diesem Nachmittag hatten sie mehr Grund dazu, so zu handeln. Selbst der Wind war zu faul, um den Staub vom Straßenrand zu heben. Die Menschen sahen vor Hitze wie betäubt aus. Kehinde bemerkte eine Gruppe von Zuschauern, die auf der anderen Straßenseite ein Knäuel bildeten, konnte jedoch nicht erkennen, wobei sie zusahen. Es gab keinen Grund, nach Hause zu eilen, deshalb ging sie über die Straße, um zu sehen, was los war. Zwei Männer hatten beschlossen, die Enttäuschung über ihr Leben aneinander auszulassen. Die Geschichte ging so: Mann Nummer eins hatte eine Zeitung kaufen wollen. Er hatte zwanzig Naira gegeben, so daß der Zeitungsverkäufer ihm Wechselgeld herausgeben mußte, doch Mann Nummer zwei war schneller gewesen. Er schnappte die zwanzig Naira und rannte damit weg, doch er kam nicht sehr weit. Leute, die herumstanden, wurden plötzlich aus ihrer Langeweile gerissen und jagten ihm nach. Sie waren wohl enttäuscht gewesen, ihn so schnell eingefangen zu haben, doch er hatte zu wenig Energie für ein langes Rennen. Er und Mann Nummer eins fingen nun einen Faustkampf an. Seine Geschichte ging so: Er hatte vor drei Monaten die Universität verlassen, konnte jedoch keine Arbeit finden, während hier ein Mann war, der zwanzig

Naira für eine Zeitung ausgeben konnte, während er vier ganze Tage kein Essen gehabt hatte. Er bat die Zuschauer, den Fall zu beurteilen. Jeder hatte eine Meinung. Manche tadelten die Regierung, weil sie die jungen Leute die Mühen der westlichen Bildung durchmachen ließ, nur um ihnen dann am Ende zu sagen, daß es keinen Markt für das gab, wofür sie gekämpft hatten. Andere meinten, dies sei keine Entschuldigung, zu stehlen. Die Älteren wollten wissen, was Mann Nummer eins erwarte, wenn er zwanzig Naira so demonstrativ an einem Ort wie Meile 2 vorzeigte, wo sich arbeitslose Menschen versammeln, um sich vor der Mittagshitze zu schützen. Es war einhellige Meinung, daß sie die zwanzig Naira teilen sollten. Mann Nummer zwei zögerte und appellierte an den Mann, dessen Geld er haben wollte, Gott würde ihn dafür segnen. Alle schwiegen, während die Menge dieser Bitte lauschte. Der Mann hatte eine schöne Stimme, und er war sehr beredt. Kehinde wußte, daß er gewonnen hatte. All dies passierte nicht allzuweit weg vom Polizeirevier. Ein Beamter mit einem kwashiokorähnlichen vorstehenden Bauch saß rittlings auf einem Stuhl, sein ungeschützter Knüppel hing lässig an seiner Seite. Er gähnte und sah zur anderen Seite, so daß alle lachen mußten. Kehinde schüttelte den Kopf und lächelte. Sie war nicht weit gereist, und der einzige Ort, mit dem sie Lagos vergleichen konnte, war London. Sie konnte sich so eine Szene wie diese dort nicht vorstellen. Nein, dies konnte nur hier in Nigeria passieren. Sie wischte den Schweiß ab, der unter ihrem *gele* strömte, und schlenderte davon. Plötzlich ließ die Hitze sie daran denken, daß nun in England Oktober und Herbst war. Der Wind würde blasen, die Blätter würden braun werden und herabfallen. In einigen Wochen wäre der Kirschbaum in ihrem Garten nackt, und seine schwarzen Äste wären knorrig wie alte Knochen. An einem Tag wie diesem wären ihre Füße nach dem Freitagseinkauf vor dem Gasofen ausgestreckt, während sie im Fernsehen ihre Lieblingsserie anschaute, bis sie müde war und bis ihr die Augen weh taten.

Herbst in England.

Ihre Augen verschleierten sich. Sie dachte an Weihnachtseinkäufe, die sie immer aufregten, und sehnte sich nach einem flotten Gang zu Harrods, Marks and Spencers oder Selfridges, nur um zu gucken und ein wenig einzukaufen. Sie empfand Sehnsucht nach dem feuchten, stinkigen Eigengeruch der U-Bahn.

Sie riß sich zusammen. Natürlich war es dumm, sich nach einem Land zu sehnen, in dem man ihr immer das Gefühl geben würde, nicht willkommen zu sein. Doch ihre Heimkehr war eben in keiner Weise so gewesen, wie Kehinde sie sich erträumt hatte. Sie wußte nun, wie naiv sie gewesen war, als sie Albert stillschweigend vertraut hatte. Sie hatte gedacht, daß Ifeyinwas Leben nie das ihre sein könnte. Das Afrika ihrer Träume war das von Partys und endlosen Feiern gewesen, in dem auch sie den Status und Respekt einer im Ausland Gewesenen genießen würde. Statt dessen sah sie sich einmal mehr an den Rand gedrängt.

Entscheidung 15

Tage folgten Nächten, die heiß und klebrig waren und in denen Kehinde keinen Schlaf fand, sich auf ihrem schweißgetränkten Bett herumwarf und hoffte, daß der neue Tag etwas Neues bringen würde. Es war schwierig, ihre Gefühle zu beschreiben, sogar sich selbst. Sie wartete auf etwas, konnte jedoch nicht sagen, was es war.

Albert war nach Norden gegangen, deshalb war es ruhig im Haus, mit Ausnahme von Grace, Rikes Mädchen. Wenn Rike in der Uni war, füllte das Heben und Senken von Graces Stimme Haus und Hof, während sie den Babys, die in ihrer Obhut waren, vorsang oder lachte und mit den Hausboys im anderen Hof flirtete.

Kehinde konnte nicht die Energie aufbringen, sich einzumischen. Graces Verhalten war nur ein Spiegel des Benehmens ihrer Arbeitgeberin Kehinde gegenüber und zeigte den geringen Wert an, den man ihr in diesem Haushalt beimaß.

Sie war die ältere Frau, die frühere Madam, doch sie arbeitete nicht und sie hatte keinen Einfluß auf Albert. Die Dienstboten sahen dies und behandelten sie mit kaum verhüllter Frechheit.

Kehinde dachte an den Tag, der vor ihr lag, allein im Haus mit den Dienstboten, wo sie die einzige war, die nichts zu tun hatte. Sie erinnerte sich daran, wie Moriammo vor langer Zeit gesagt hatte: »Bleib einfach zu Hause sitzen und spiel die weiße Madam.« Sie dachte an die weißen Frauen, die mit ihren Männern nach Afrika kamen und nichts zu tun hatten, als sich zu unterhalten, und sie fragte sich, wie sie das aushielten. Sie wartete ruhelos darauf, daß etwas passierte.

»Grace … Grace«, rief sie. Das Lachen verstummte, doch es kam keine Antwort. Kehinde hätte sich ihr Badewasser auch selbst holen können, doch das wäre ein Eingeständnis ihres geringen Status im Haus gewesen, und sie mußte an einem Rest von Würde festhalten. Sie strengte sich an und rief herrisch: »Grace! Grace! *abi* du taub?«

»Ja, Mam, ich komme.« Grace klopfte an die Tür und wischte sich die Hände an ihrem Haus*lappa* ab, eine ausgefeilte Schau, um zu zeigen, daß man sie bei ihrer Arbeit unterbrochen hatte.

»Guten Morgen, Mam. Haben Sie gut geschlafen?« fragte Grace und keuchte, als ob sie gerannt wäre, um Kehindes Ruf zu gehorchen.

»Danke. Hol Wasser für ein Bad.«

»Ja, Mam, danke, Mam. Nach dem Bad, wollen Sie, daß ich das Frühstück mache?«

»Nein, danke. Aber wasch diese Kleider hier. Breite sie auf dem Boden unter dem Cashewnußbaum aus. Die Sonne bleicht sonst schnell die Farben aus.«

»Ja, Mam.«

Als sie fertig angezogen war, schlenderte Kehinde in das vordere Zimmer. Dort auf dem Kaffeetisch lag ein billiger Umschlag, auf dem ihr Name stand. Wütend riß sie ihn auf und fand darin das Ergebnis eines Vorstellungsgesprächs, das sie vor drei Monaten geführt hatte. Die Stelle war nun besetzt, und sie wünschten ihr Glück anderswo, erzählten ihr jedoch nicht, wo. Sie mußte dankbar sein, daß sie sich die Mühe gemacht hatten, ihr überhaupt mitzuteilen, daß sie den Job nicht bekommen hatte.

Kehinde biß sich auf die Unterlippe, bis sie blutete. Sie wünschte, sie hätte gegenüber Moriammo ihre Verzweiflung deutlicher ausgedrückt. Sie sehnte sich danach, nach London zurückzukehren, war aber zu stolz, es zuzugeben, sogar vor sich selbst. Trotzdem glaubte sie, daß Moriammo zwischen den Zeilen lesen könnte.

Erst viel später, als gegen Abend die nervtötende Hitze endlich etwas nachgelassen hatte, klopfte Rike an ihre Tür. »Mummy, ruhst du gerade?« rief sie. »Tut mir leid, wenn ich störe, aber im Wohnzimmer ist jemand mit einer Nachricht für dich.«

Kehindes Herz setzte einen Schlag lang aus, doch sie nahm sich zusammen.

»Danke, meine Tochter. Wie war dein Tag?« fragte sie in einem so beiläufigen Ton, daß es unwirklich klang.

»Er war gut, danke der Nachfrage, Mummy.«

Kehinde band sich ihren *lappa* fester um und kam aus ihrem Zimmer. Sie berührte Ogochukwus Wange und bemerkte: »Warum hältst du ihn? Wo ist Grace?«

»Wir haben kein Gas mehr, und Grace ist losgegangen, um einen neuen Zylinder zu kaufen.«

»Oh, dieses Theater mit dem Gas in Flaschen …«

Rike, die keine Ahnung hatte, wie sie sonst Gas kaufen sollten, zuckte die Achseln und folgte Kehinde ins Wohnzimmer. Sie würde sie nicht allein mit dem Besucher lassen. Der Überbringer der Nachricht war eine junge Frau, die als Hosteß bei Nigeria Airways arbeitete. Sie und Kehinde hatten sich einmal, durch Moriammo, getroffen. Da sie Rikes Plan kannte, lud Kehinde die Frau in ihr Zimmer ein.

Die junge Frau folgte ihr. Sie war eine Nigerianerin, die in einer polygamen Familie großgeworden war, deshalb war eine Erklärung nicht nötig. Sie wußte, daß es notwendig war, sich vor dem Rest der Familie zu verstecken, vor allem vor einer jüngeren Ehefrau.

»Ich habe einen Brief für Sie, Madam«, sagte sie verschwörerisch und sah über die Schulter. Kehinde befingerte den großen, weißen Umschlag und wußte, daß er mehr als nur einen Brief enthielt. Sie lächelte. Die junge Frau erwiderte ihr Lächeln.

»Möchten Sie etwas zu essen?«

»Danke, nein, Ma. Wir sollten schon gestern abend in Lagos sein, doch Sie wissen ja, wie es mit unseren Flugzeugen ist.«

Kehinde nickte. »Ich weiß es. Aber egal. Dies ist Nigeria ...«

Lachend sagten sie im Chor: »Bitte haben Sie Nachsicht mit uns.«

Kehinde riß den Brief auf, sobald das Mädchen fort war. Moriammo hatte ihr das Geld für den Flug geschickt. Schnell überflog sie den Brief, der nur kurz auf das Geld Bezug nahm. »Dies ist ein langfristiges Darlehen, das erst zurückzuzahlen ist, wenn Du kannst. Vergiß nicht, daß wir beide über zehn Jahre in einer Bank gearbeitet haben, und bei Darlehen gibt es immer Zinsen! Aber laß Dich auch nicht aus Angst, was die Leute sagen könnten, davon abhalten, das zu tun, was Dein *chi* will.

Das Haus ist noch da, und Deine Mieter auch, obwohl das Haus verwahrlost ist. Die Küchendecke ist kürzlich nach einem Sturm zusammengebrochen, doch Dein Karibenmann hat versprochen, sie zu reparieren. Das letzte Mal, als ich ihn im Einkaufszentrum getroffen habe, hat er nach Dir gefragt. Ich glaube, er mag Dich, nun, wo Du weit weg bist. Unsere Männer sind alle gleich – sie schätzen nur, was außerhalb ihrer Reichweite liegt. Ich fange auch an, ihn zu mögen, jetzt, da ich ihn besser kenne.

Die Flitterwochen mit Tunde wegen der Geburt seines Erben Olumide sind lange vorbei. Ich habe seine Unsterblichkeit gesichert, deshalb muß man mich nicht mehr bei Laune halten. Olumide fängt auch an, uns einen Haufen an Betreuungsgeld zu kosten. Doch Du kennst mich ja, leben und leben lassen. Ich stöhne nicht oder so. Tatsächlich mache ich mir Sorgen um Tunde: daß jemand so geizig sein kann, sogar sich selbst gegenüber. Er versäumt keinen Arbeitstag, damit er nicht die blöde Provision verliert, die sie ihm bei Nigeria Airways geben.

Es ist ein Glück, daß Alby beschloß, in Nigeria polygam zu werden und nicht hier in London. Für Dich wäre es hier viel schlimmer gewesen. Bitte komme zurück, sobald Du willst. Übrigens, die Zinsen, die ich vorher erwähnt habe, waren ein Scherz, nur für den Fall, daß Du in Nigeria Deinen Humor verloren hast. Du behältst das Geld. Es ist eine Art, mich bei Dir zu entschuldigen, weil ich so ein Feigling bin. Diese Mrs. Elikwu ist seit kurzem in den Nachrichten. Sie hat gerade ein Kinderbuch mit Mythen und Legenden veröffentlicht, und sie ist Sprecherin der ›Milch-für-unsere-Babys‹-Kampagne. Ich glaube nicht, daß Du wegen ihr ein schlechtes Gewissen haben mußt. Inzwischen weiß sie wohl, wie wir Frauen sind. Wenn wir verheiratet sind, haben wir das Gefühl, einen Vorteil vor einer Frau zu haben, die allein lebt, selbst wenn letztere eine Million Mal glücklicher ist. Ich bin sicher, sie wird es verstehen. Gott schütze Dich, Schwester, und schreibe bald.«

Kehinde las den Brief immer wieder, und am Ende lächelte sie jedesmal. Moriammo mußte den Brief mehrmals geschrieben haben, da Kehinde noch nie jemanden mit Moriammos Ausbildung getroffen hatte, der so faul war, was das Schreiben auf Englisch anging. Moriammo sagte, sie habe noch nie eine Sprache mit so vielen Regeln gesehen, die man brechen könne. Im Falle dieses Briefes mußte sie Stunden damit verbracht haben, es richtig zu machen. Kehinde war zutiefst dankbar für Moriammos Gesten der

Freundschaft. Zum erstenmal bot sich hier ein Weg aus ihrer jetzigen Situation. Sie sah auf die Uhr. Es war noch Zeit, zur Ikorodu Grammar zu fahren und Bimpe und Joshua zu sehen.
Vor dem Haus sah sie sich um und entdeckte Rike, die hinter den Vorhängen hervorspähte. Kehinde lächelte. Es erinnerte sie an ihre Nachbarn in London.
Der Hausmeister der Schule empfing sie nur widerstrebend und protestierte, fünf Uhr sei keine Besuchszeit, und die Schüler seien mit ihren Hausaufgaben beschäftigt. Kehindes Bitte, es sei dringend, rührte ihn nicht, doch eine gefaltete Banknote, die sie ihm diskret in die Handfläche drückte, wie sie es Albert am Flughafen hatte tun sehen, verwandelte ihn augenblicklich. Er verbeugte sich mehrmals und dankte ihr wiederholte Male, bevor er verschwand, um die Kinder zu holen.
Weniger als fünf Minuten später liefen Joshua und Bimpe erwartungsvoll ins Besuchszimmer.
»Hey, besondere Mum, was ist los?« rief Bimpe.
Während sie sich umarmten, versicherte sie ihnen, daß alles in Ordnung sei, und erkundigte sich nach ihrer Gesundheit und der Schule. Sie wiederum erzählten ihr, daß sie gut zurechtkämen. Danach entstand ein kurzes Schweigen. Die Kinder wußten, daß Kehinde nicht an einem Nicht-Besuchstag gekommen war, um sich nach ihrem Befinden zu erkundigen. Plötzlich sagte Kehinde: »Schaut, ich wollte euch nicht von eurer Arbeit abhalten, aber ich will, daß ihr wißt, daß ich zurück nach London gehe.«
Die Kinder starrten sie an, und Bimpe blieb der Mund offen.
»Hast du dich mit Dad gestritten?« wollte sie wissen.
»Nein, nein, nichts dergleichen. Er ist noch im Norden. Ich will einfach zurück und mich um das Haus kümmern. Tante Moriammo sagt, es fällt auseinander ...«

»Sollte das nicht eigentlich Dad tun?« fragte Joshua.
»Er hat hier einen guten Job und eine neue Familie ...«, erklärte Kehinde vorsichtig. Bimpe brach in Tränen aus.
»Aber du bist das Rückgrat der Familie, Ma. Warum willst du weglaufen?«
»Bimpe, du kannst jederzeit kommen, das weißt du doch«, versicherte ihr Kehinde eilig.
»Und was ist mit Dad, kann er auch kommen, oder läßt du dich wegen Rike von ihm scheiden?«
Kehinde war verblüfft über Bimpes Klarsicht, doch sie erwiderte nur: »Nein, Bimpe, ganz so ist es nicht. Ich muß um meiner selbst willen gehen. Moriammo hat mir das Geld für den Flug geschickt, und ich werde bald fliegen. Ich will, daß ihr euch umeinander kümmert, und ich werde euch schreiben.« Kehinde sah den Hausmeister an der Tür herumlungern, deshalb umarmte sie sie schnell und eilte davon.
Es war aber nicht so leicht, von Ifeyinwa wegzukommen.
»Ich wußte es! Ich habe es gefühlt!« schrie Ifeyinwa. »Nach London, um was zu tun? Is England nun dein Land, *abu*?«
»Nein, England is nich mein Land, aber ich will *sha* zurück. Sieh doch, hier krieg ich keinen Job, ich krieg nix. Ich sitz nur zu Haus rum und wart auf Albert. Und wenn er heimkommt, will er nur die junge Frau sehn und nich mich. Ich will zurück.«
»Aber du kennst doch die Geschichte deiner Eltern. Jahrelang hat unsere Mama Palmherzen zum Markt von Asaba getragen. Wenn sie sie verkauft hat, hat sie das Geld dafür benutzt, um die Schulgebühren für unseren Papa zu zahlen. Als Papa mit der Schule fertig war, is er nach Lagos zurück und hat 'nen Job bei der Eisenbahn gekriegt. Inzwischen hat Mama nich mehr frisch ausgesehn, so daß Papa sie nich seinen Freunden vorstellen konnte. Dann hat Papa die andere geheiratet. Mama hat gedacht, sie könnte unseren

Papa glücklich machen, wenn sie noch mehr Gören kriegt. Doch unser Papa hat sie gemieden. Doch sie hat nie daran gedacht, uns Kinder zu verlassen und wegzulaufen!
Und ich sag dir noch was. Du bist der Ärger, der sie fertiggemacht hat. Und du hast deine Schwester in Mama aufgegessen.«
»Oh, um Gottes willen, Ifeyinwa. Du hast in der Schule Biologie gehabt. Wie hätte ich meine Schwester essen können? Und warum ist meine Geburt das erste, an das jeder denkt, wenn ich versuche, etwas für mich selbst zu tun?«
»Ich weiß, du bist verletzt, weil Albert 'ne andere Frau geheiratet hat. Hat denn drüben in London jeder Mann nur eine Frau? Aber bei uns is es anders. Woher kommt es, daß an dem Tag, an dem du heiratest, unsere Eltern sagen: ›Du sollst dich um diesen Mann wie um dein Kind kümmern, damit er dir helfen kann, deine Kinder aufzuziehen‹? So soll es sein. Du hast keine Gefühle. Was ist mit deinen Kindern?«
»Joshua und Bimpe? *Sebi,* siehst du denn nicht? Alberts Schwestern und sogar Rike lieben sie. Sie genießen ihre Aufmerksamkeit. Ich habe schon mit ihnen gesprochen, sie wissen es also. Wenn ich dort bin, werde ich sehen, daß ich mich qualifizieren kann, und dann hole ich sie rüber.«
»Dann mach dich schön, bevor du gehst, damit du ein anderes Kind kriegen kannst.«
Tränen traten Kehinde in die Augen. Mit erstickter Stimme sagte sie: »Ich will keine Kinder mehr. Ich habe mir meine Eierstöcke abbinden lassen.«
Ifeyinwa riß die Augen auf und schluckte schwer. Dann bekreuzigte sie sich. Der Schock über das, was Kehinde gesagt hatte, machte sie sprachlos. Ausnahmsweise fand Ifeyinwa einmal keine Worte, um ihrer Schwester zu antworten.

16 Rückkehr nach London

Ifeyinwa schluchzte, als ob ihr Herz zerbrechen müßte. »Wie soll ich je wieder meinen Kopf erheben können? Jetzt werden alle zu Albert sagen: ›Hab ich dich nicht vor ihr gewarnt? Haben wir dich nicht vor ihrer Familie gewarnt? Sie ist nichts wert.‹ Schau dich um, Kehinde, siehst du deine Brüder und Schwestern, die gekommen wären, um sich von dir zu verabschieden? Sie sind nicht hier, weil du uns allen Schande bereitet hast. Sie tun so, als ob sie nicht wüßten, daß du heute fliegst. Ich habe meinen Sohn Amechi geschickt, um es allen zu erzählen …« Ifeyinwas Schluchzen wurde unkontrollierbar.

»Kleine Mutter, Ifi, wir haben schon mehrmals darüber gesprochen. Ich war eine Närrin, daß ich diese Seite von Albert nicht vorher gesehen habe, aber nun, da ich sie gesehen habe, kann ich sie nicht ertragen.«

»Hör dir nur zu, als ob wir Wilde wären …«

»Nein, Ifeyinwa, du weißt, daß ich das nicht meine. Ich hatte nie zuvor in einer polygamen Familie gelebt, außer wenn ich dich besucht habe, und ich war euch schon entfremdet, bevor ich Nigeria verließ. Albert wuchs in einer polygamen Familie auf so wie du. Ich will nicht, daß wir jetzt noch einmal das Ganze durchkauen. Joshua und Bimpe verstehen es. Versuch die Dinge mit meinen Augen zu sehen. Ich verspreche, dir finanziell zu helfen, wann immer ich kann. Ohne Albert in London zu sein, heißt, daß ich frei entscheiden kann, was ich mit meinem Geld mache.«

»Vater hätte ihnen nicht erlauben sollen, dich mitzunehmen. Sie hätten dir die Geschichte deiner Geburt von An-

fang an erzählen sollen. Sie hätten dich mit uns anderen aufziehen sollen.«
Kehinde war müde. Plötzlich sehnte sie sich nach dem Frieden ihres eigenen Heimes. Sobald ihr Gepäck eingecheckt worden war, verabschiedete sie sich von Ifeyinwa und begab sich in die Abflughalle, um weitere Tränenausbrüche zu vermeiden. Sie hatte sich kaum auf der dunkelgrauen Metallbank niedergelassen, um auf ihren Flug zu warten, als eine Hand auf ihrer Schulter sie den Kopf wenden ließ.
»Oh, Ifeyinwa, wie hast du es geschafft, dich hier reinzuschmuggeln?« rief sie aus. »Dies ist doch nur für Passagiere gedacht.«
»Wir sind immer noch in Nigeria, *abi*, hast du das vergessen? Ein bißchen Schmiere bringt einen hier sehr weit.« Sie seufzte. »Ich wünschte, ich könnte mit dir kommen.«
»He, was ist denn los? Jenseits der Trenntür hast du mich an meine Pflicht und Verantwortung erinnert. Und jetzt willste mit mir kommen?«
»Ich weiß, was ich gesagt hab. Aber du bist ein Zwilling, und du mußt tun, was dir dein *chi* sagt. Bei Zwillingen kann man schwer was voraussagen.«
»Bist du deshalb durch die Absperrung geschlüpft, um mir das zu sagen?«
Ifeyinwa nickte. Nach einigem Nachdenken fügte sie hinzu: »Ich habe gehört, daß Albert im Norden eine Liebste hat. Ich glaube, Rike hat einen Verdacht.«
Es herrschte langes Schweigen, bevor Kehinde antwortete. »Armer Albert, wie wird er mit dieser ganzen Verantwortung fertig werden?« Sie nahm eine von Ifeyinwas Händen und hielt sie in ihren. »Danke, daß du es mir gesagt hast, aber warum hast du versucht, mich zurückzuhalten, wenn du das gewußt hast?«
Ifeyinwa hob die dünnen Schultern. »Zumindest kann mir

niemand den Vorwurf machen, daß ich nicht versucht habe, dich hier zurückzuhalten. Was die Tradition angeht, habe ich meine Schwesterpflichten erfüllt. Jetzt laß uns nüchtern reden.« Ifeyinwa fragte mit einer vor Auflehnung rauhen Stimme: »Sag mir, kleine Schwester, wenn du dort ankommst, wirst du dann einen anderen Mann nehmen?«
Kehinde tat so, als sei sie schockiert. »Nachdem du mir gesagt hast, daß der Mann, der mich zum Altar führte, dabei ist, eine dritte Frau zu nehmen?« Ein boshaftes Lächeln erhellte Ifeyinwas verkniffenes Gesicht. Zum erstenmal erspähte Kehinde den Geist, der hinter dem Panzer aus Tradition gefangen war.
»Mach weiter, ja?« drängte sie.
»Neulich hast du mir gesagt, daß ich noch jung sei. Ich werde mich nicht mit einer Nadel zunähen oder mit einem Vorhängeschloß einsperren. Ich nehme an, daß diese Freiheit eine der Freuden der Polygamie darstellt.«
»Und Alberts andere Frau?« fragte Ifeyinwa, die jetzt breit lächelte. Wieder bedauerte es Kehinde, nicht die Gelegenheit gehabt zu haben, ihre Schwester richtig kennenzulernen.
»Nun, Rike wird während der Ferien für das Wohl von Joshua und Bimpe verantwortlich sein.«
»Du lernst schnell. Wenn du fort bist, habe ich auch noch ein paar Überraschungen für sie.«
»Was für Überraschungen?«
»Ach, du bewahrst deine Geheimnisse, und ich bewahre meine. Aber sei beruhigt, Albert wird durch das Haus in England nicht einen Naira verdienen.«
Kehinde wünschte, daß sie ihre Schwester mitnehmen könnte. Sie sah, daß Ifeyinwa sie vermissen würde. Sie war jetzt Großmutter, und man erwartete, daß sie sich wie eine benahm, doch sie konnte nicht für fünfunddreißig durch-

gehen, und der Körper, den sie all die Jahre zum Hegen und Pflegen benutzt hatte, verlangte nach Trost. Kehinde umarmte sie und flüsterte: »Ach, Schwesterchen, keine Tränen mehr. Ich hole dich nach, wenn ich es mir leisten kann, zumindest für einen kurzen Besuch.« Ifeyinwa umarmte sie. »Ich weiß das, und ich werde ganz bestimmt kommen. Bis bald also in London.«

In Heathrow waren sogar die Einwanderungsbeamten freundlich. Im allgemeinen wurde jeder, der aus Nigeria kam, routinemäßig von speziell ausgebildeten Hunden beschnüffelt und am Einwanderungsschalter mit allen möglichen Fragen konfrontiert, doch Kehinde winkte man durch. Draußen schien die Sonne, obwohl es kalt war, und sie spürte Hochstimmung in sich aufsteigen. Sie stieg vor dem Haus in Leyton aus dem Taxi und war überrascht, daß sich in den zwölf Monaten, die sie weggewesen war, nichts verändert hatte. Sie wußte nicht, welche Veränderungen sie erwartet hatte, aber es sah so aus, als ob die Zeit stillgestanden wäre. Vor ein paar Stunden erst, in Nigeria, hatte sie gedacht, die ganze Welt breche zusammen. Nun bemerkte sie, daß die Bäume, die die Stadt die Straße entlang gepflanzt hatte, gerade zu knospen begannen. In ein paar Tagen würde es Frühling sein und sie würden blühen.

Kehinde griff mit der Hand in ihre Manteltasche und holte den Haustürschlüssel heraus, und sie war überrascht, daß er paßte. In dem engen Flur hieß sie der Geruch des Londoner Reihenhauses willkommen wie ein verlorenes Kind. Bevor sie es unterdrücken konnte, sang eine Stimme in ihr: »Home, sweet home!« Taiwo, die, seit sie nach Nigeria gegangen war, nicht mehr mit ihr gesprochen hatte, war zurück. Kehinde tadelte die Stimme: »Das hier ist nicht mein Heim. Nigeria ist mein Heim.« Während sie das sagte, wußte sie, daß sie sich etwas vormachte, und Taiwo wollte es ihr nicht durchgehen lassen. »Wir treffen selber unsere Entscheidungen im Leben«, widersprach die Stimme. »Dies ist dein Heim. Du mußt dich deshalb nicht schämen.«

»Ja, aber«, versuchte Kehinde anzuführen, »dies ist ein Land, in dem die Leute denken, wenn du mit deinem *chi* redest, mußt du mit dir selber reden, und wenn du mit dir selber redest, mußt du verrückt sein.« Ein kalter Luftzug wehte um ihre Fesseln, und sie merkte, daß sie die Tür noch nicht geschlossen hatte. Das Zu-verkaufen-Schild schaukelte verloren im Wind hin und her. Etwas trieb sie wieder nach draußen, und mit unerwarteter Kraft zerrte sie das Schild aus der Erde. »Dieses Haus ist nicht zu verkaufen«, erklärte sie. »Dieses Haus gehört mir.«

Ifeyinwa 17

Immer, wenn Ifeyinwa am Flughafen Leute verabschiedete, was Gott sei Dank nicht oft der Fall war, galt ihre Trauer nicht nur dem Abreisenden, sondern sie entsprang auch aus einer nicht zu unterdrückenden Angst vor einem dauernden Verlust. Sie war deshalb um so erleichterter, von Kehindes wohlbehaltener Ankunft zu hören. Im lebendigen, lärmenden, bunten Lagos konnte sich Ifeyinwa Kehinde in London nur frierend und einsam vorstellen. Sie empfand tiefes Bedauern darüber, daß sie nicht geblieben war, vor allem, da sie es offenbar gewollt hatte, als sie gekommen war. Hatte sie nicht die meisten Möbel aus ihrem Londoner Haus mit nach Lagos gebracht? Hatte sie nicht ihre Stelle aufgegeben? Ifeyinwa hatte gehofft, daß sie sich nun endlich ihrer Schwester erfreuen könnte, doch sie war enttäuscht worden. In einem Leben voller Entbehrungen verspürte sie das leidenschaftliche Gefühl, daß dies das einzige Privileg war, auf das sie ein Anrecht haben sollte.
Es war auch nicht nur die emotionale Bindung, die ihr soviel bedeutete. Ifeyinwa und ihre Kinder lebten auf einem Niveau der Armut, das sogar Kehindes kleine Beiträge, die sie von Alberts Haushaltsgeld abzweigte, erleichterten. Tagelang ging sie wie erstarrt umher und saugte an ihren Zähnen, wenn ihr jemand über den Weg lief. Ihr Gehirn jedoch war äußerst aktiv, und sie überlegte sich, wie sie sich am besten an Albert und Rike rächen könnte, denen sie die Schuld für Kehindes Abreise zuschob.
Ifeyinwa, die seit Jahren daran gewöhnt war, das zu akzeptieren, was das Leben für sie bereithielt, war enttäuscht über

diesen dritten Verlust ihrer Schwester. Als Kind hatte sie um die einzige andere Tochter von ihrer toten Mutter getrauert. Während sie unter lauter Brüdern aufwuchs und ihrer Stiefmutter ausgeliefert war, hatte sie um ihre fehlende Schwester ein Phantasiegebilde gewoben, das sie genauso tief empfand wie das von Kehinde für ihre Taiwo. Als junge Ehefrau hatte sie sich von ihren Haushaltspflichten weggestohlen und ihre Kinder bei dem Mädchen gelassen, um Kehinde in der Schule zu besuchen und ihr kleine Geschenke mitzubringen, die sie sich nicht leisten konnte. Selbst Kehindes offensichtliche Abneigung ihrer Familie gegenüber und die wachsende Zurückhaltung, die sie wahrte, hielten sie nicht davon ab.

Als Kehinde nach England ging, um Albert zu heiraten, empfand Ifeyinwa dies als schmerzlichen Verlust. Mehr als zwanzig Jahre lang hatte sie die Abwesenheit ihrer Schwester betrauert, die nur durch Weihnachtskarten mit kürzesten Nachrichten, gelegentlichen Schnappschüssen von den Kindern und einmal, nur einmal, von einer Zwanzig-Pfund-Note unterbrochen wurde, die sie dafür benutzt hatte, um Schulbücher für ihre Kinder zu kaufen. Dann war die Nachricht gekommen, daß Albert zurückkehre. Als nächstes trafen Joshua und Bimpe ein, die sie nie gesehen hatte. Ifeyinwa war bereit, sie als ihre eigenen Kinder in ihr Herz zu schließen, doch Rike griff ein. Sie hatte beobachtet, wie sie sich in Alberts Haushalt einschlich, auf seine Einsamkeit setzte, seine Eitelkeit hegte und bei seinen mutterlosen Kindern aushalf. Sie hatte zugesehen und nichts gesagt, als Rikes Bauch wuchs und Albert eine leichte Beute für die verführerischen Visionen der Propheten wurde und sie heiratete. Als Kehinde ankündigte, daß sie selber käme, stellte Ifeyinwa sicher, daß sie da war, um sie willkommen zu heißen, zu warnen und zu trösten. Ihre Treue geriet nie ins

Wanken, egal, wie sehr Alberts Schwestern versuchten, sie zu demütigen, oder wie sehr Rike grinste. Solange sie Kehinde in Lagos wußte, hatte Ifeyinwa das Gefühl, daß sie eine Entschädigung für ihr freudloses Leben hätte, jemanden, mit dem sie frei und ohne Angst, sich bloßzustellen, sprechen konnte. Jetzt, da sie fort war, blieb nur noch Rache übrig. Wenn sie ihre Schwester schon nicht zurückholen konnte, würde sie eben Rikes Aufenthalt in Alberts Haus so gestalten, wie wenn man mit nacktem Hintern auf einem Stuhl voller rotem scharfem Pfeffer säße, wie wenn ein Stück Knochen einem im Halse steckte, den man weder schlucken noch ausspucken konnte. Sie würde ihr das Leben vergällen. War Kehinde nicht die einzige Schwester, die sie hatte?

In der großen Nachmittagshitze ließ Ifeyinwa eines ihrer Kinder, Nwalor, sich um ihren Stand mit Orangen und Bananen kümmern. Nwalor konnte Orangen schälen, ohne in die Frucht oder sich in den Finger zu schneiden. Sie zog sich um wie für einen Besuch und verließ das Haus.

Rike empfing sie warmherzig und freundlich und so laut, daß es fast ehrlich hätte sein können. Sie gab Ifeyinwa ein großes Glas teuren importierten Saft, den Ifeyinwa dankbar annahm; sie leckte sich die Lippen, um ihre Anerkennung zu zeigen. Währenddessen beobachtete sie Rike, die zufriedene Frau eines guten Mannes, und ihre Entschlossenheit geriet keine Sekunde ins Wanken.

»Ich habe von deiner Gefährtin gehört … deiner Mummy«, begann Ifeyinwa und benutzte den Kosenamen, den die Frauen von Lagos untereinander benutzten.

»Eh, sie ist also sicher gelandet!« antwortete Rike unschuldig. »Dank sei dem Allmächtigen. Ich habe für sie gebetet und gefastet, damit sie ohne Schaden ankommt.«

Hinter ihrer ruhigen Fassade brodelte es schrecklich in Ifeyinwa. Sie wollte sagen: »Du meinst, du hast für ihre

Abreise gedankt«, behielt es dann aber für sich. Sie wollte nicht als Hexe bezeichnet werden, nur weil sie ihre Verachtung äußerte. Statt dessen sprach sie so unschuldig wie Rike: »Tatsächlich, deine Gebete müssen Wunder gewirkt haben! Meine Schwester hatte keine Probleme auf ihrer Reise, sogar am Einwanderungsschalter, wo sich doch angeblich die weißen Beamten auf nigerianische Frauen stürzen und sie bitten, ihr Haar zu lösen. Gott hat deine Gebete erhört, danke, meine Tochter.« Bevor Rike antworten konnte, fragte Ifeyinwa beiläufig: »Aber du bist nicht zum Flughafen gekommen?«

»Tante Ifi, meine Mummy, hat es mir nicht gesagt. Ich habe durch Grace von ihrer Abreise erfahren, du weißt schon, mein Hausmädchen. Und natürlich haben die Nachbarn ihre Geschichte bestätigt. Sie hat es nicht mal unserem Mann erzählt. Mummy muß sehr wütend gewesen sein, wenn sie so einen drastischen Schritt unternommen hat.« Rikes Gesicht war zur Seite geneigt, ein theatralisches Bild des Kummers. Wenn Ifeyinwas Mission nicht so wichtig gewesen wäre, hätte sie laut losgelacht. Sie hatte in ihrem eigenen Haus solche Szenen schon oft gesehen, und sie war ein alter Hase, wenn es darum ging, ihren Mann mit einer anderen Frau zu teilen. Verglichen mit ihr, war Rike ein Neuling.

Sie seufzte tief und sah sich in dem geschmackvoll eingerichteten Wohnzimmer um; sie bemerkte eine Schmuckmatte hier und eine schöne Glasvase dort, die ihre Schwester aus England mitgebracht hatte, um ihr Heim zu schmücken. Ihre Augen blieben auf der Frau vor ihr ruhen, eine zarte junge Frau, deren Füße in einem Paar zierlicher weißer Sandalen steckten. Sie sah weg, um ihren brennenden Haß und ihre Wut zu verbergen. Sie war zu erfahren, um Rike alle Schuld anzulasten, wo Rike sich doch nur in Übereinstimmung mit dem System verhielt, das diese Art von Ungerechtigkeit legalisierte. Eine Frau arbeitete schwer, um all diese Dinge zu kaufen und sie quer über das Meer zu schicken, um ihre Familie damit zu erfreuen, und was passierte am Ende? Eine andere, opportunistische, *»oyokoyo«*-Frau, die keinen Anteil an dem Traum gehabt hatte, die nicht wußte, welche Mühe die erste auf sich genommen hatte, war nun die Nutznießerin von allem. Für Ifeyinwa war Rike ein weißer Grabstein, und Albert war Judas Ischariot. Sie erinnerte sich an die Lebensgeschichte ihrer Mutter und schwor sich innerlich, daß sich diese in Kehinde nicht wiederholen würde.

Ifeyinwas Gefühle waren so intensiv, daß sie den Blick senken mußte, damit Rike sie nicht an ihrem Gesichtsausdruck ablesen konnte. Obwohl Rike jünger war, unterschätzte Ifeyinwa ihre Kräfte nicht. Die Sekte, zu der sie gehörte, die Cherubim und Seraphim, beobachteten und studierten als eine Form von Ritual die anderen Menschen. Sie verbrachten so viel Zeit damit, für ihre Sünden zu beten und sich auf ihre echten oder eingebildeten Feinde zu konzentrieren, daß Ifeyinwa sicher war, Rike würde sich durch ihren nach außen hin gezeigten guten Willen nicht täuschen lassen. Sie wußte sehr wohl, daß Ifeyinwa keinen Grund hatte, sie zu lieben, und nur so tat, als sei sie vergeßlich. Es war ein Kampf um die Macht, in dem Rikes Waffe ihre angebliche Unschuld war. Doch auch Ifeyinwa konnte die Wahrheit verdrehen. Eben jetzt spielte sie eine einfältige ältere Frau. Sie hatte achtzehn Jahre lang eine Maske getragen, doch Kehinde hatte hinter die Maske gesehen. Wenn Kehinde nur geblieben wäre, hätten sie zusammen diesen Eindringling verdrängen können. Rike war ein Grünschnabel, trotz all ihres pseudoreligiösen Hintergrundes. Doch Kehindes *chi* hatte sie aufgeben lassen, und Ifeyinwa mußte nun allein kämpfen. Sie setzte sich auf, blickte Rike direkt an und sammelte sich zum Angriff.

Ifeyinwa hatte genug Zeit in der Schule verbracht, um das Englisch der Königin zu sprechen, wenn es die Umstände erforderten. Sie sprach gedehnt: »Mach dir nichts draus, Tochter, deine Mummy hat das Richtige getan. Ich kenne meine Schwester. Sie hätte es mit dir als zweiter Frau aufnehmen können, aber zu erfahren, daß eine dritte im Anzug ist und daß diese dritte völlig ungebildet und eine Muslime ist ... nun, ihre einzige Qualifikation besteht in ihrer großen Schönheit. Du weißt schon, der nördliche Fulani-Typ von Schönheit, mit dem wir kurzbeinigen Südländer nie mithalten können. Für meine Schwester war das der Tropfen, der das Faß zum Überlaufen brachte. Sie sollte sich dazu herablassen, ihren Mann mit so einem Kind zu teilen – sechzehn Jahre oder so. Hm! Unsere Männer bohren auch in jedem Loch. Schade, daß du Alberts Ding nicht abschneiden und im Süden behalten konntest, wenn er reist.« Sie lachte freudlos über ihren eigenen Witz.

Ifeyinwa hielt inne, um Atem zu holen und die Wirkung ihrer Worte auf die Zuhörerin zu beobachten. Das sichere Große-Dame-Lächeln, das um Rikes Lippen gespielt hatte, war verschwunden, und ihr Mund war dünn und angespannt. Ihre Augen waren größer geworden, während ihr Körper tiefer in Kehindes Stuhl zusammensank. Doch Ifeyinwa war noch nicht fertig. »Im übrigen«, fuhr sie gnadenlos fort, »kann Albert jederzeit zurück nach London fahren, wenn es ihm hier langweilig wird. Du kennst ja unsere Männer.«

»Wer wird nach London fahren? Du meinst, unser Vater? Nun, er wird nicht die Zeit dazu finden. Was ist mit seinem Job? Und die Flugpreise nach London gehen rauf und runter.«

Rike sprach wie eine Leiche, der vorübergehend Leben eingehaucht worden war, mit seltsamer, rauher Stimme. Ifeyinwa war verblüfft, denn sie sah zum erstenmal, wie Rike in einigen Jahren aussehen würde. Ein Gutes an Jugend und Schönheit ist, daß sie nicht sehr lange währen. In kurzer Zeit würde die junge Frau, die da vor ihr saß, zweifellos ebenso dünn, enttäuscht und verletzt sein wie sie selbst. »Der Naira fällt auf dem Weltmarkt. Reisen nach London werden bald nur noch etwas für die Reichen sein.« Rike klammerte sich an Strohhalme, ihre Stirn gerunzelt wie die einer alten Frau. »Albert ist sicher nicht arm. Er hat ein Haus in London, erinnerst du dich dran? Nicht nur ein Haus, ein richtiges Heim. All die Dinge, die du hier siehst, stammen von dort. Meine Schwester und Albert brauchten sechzehn Jahre, um dieses Heim aufzubauen!« Ifeyinwa redete mit ihrem ganzen Körper und hielt sich die Mitte, als wollte sie noch mehr furchtbare Worte aus ihrem Inneren hervorquetschen. Sie straffte ihre dünnen Schultern und rief: »Der Naira wird also fallen! Hm, hei, schrecklich für Nigeria. Aber was Albert angeht, denk an meine Worte, er wird trotzdem gehen und seine Süßen treffen. Wenn sie an einem Ort genug *wahala* verursachen, ziehen sie zu einem anderen. Es ist leicht für sie, sie schleppen keine Kinder mit sich herum. Unsere Männer!«
Ifeyinwa erhob sich majestätisch. Sie warf Rike einen langen Blick zu wie ein Raubtier, das sein Opfer einschätzt. Rike war wie gelähmt von ihrer unverhüllten Bosheit. Als Ifeyinwa sprach, geschah das mit ihrer üblichen Unbestimmtheit. »Ich will dich nicht aufhalten. Ich muß jetzt gehen. Ich habe meinen Stand in Nwalors Obhut gelassen.«
Sie hatte das Haus verlassen, bevor Rike sich bewegen oder sprechen konnte. Ihre Augen glänzten triumphierend, als sie nach Hause eilte und zu sich sagte: »Gott vergebe mir,

aber die Leute – Männer oder Frauen – sollten nicht ernten, wo sie nicht gesät haben. Ich überlasse die andere dir, Herr.« Ifeyinwa war dies nicht leichtgefallen. Es war ihr letzter Ausweg, die Pflicht einer großen Schwester, wenn die Mutter tot war. Sie hatte genug für einen Nachmittag gearbeitet, genug, um Rikes Mutter und ihre *wolis* eine Zeitlang zu beschäftigen. Die *wolis* würden auf Rikes Kosten ein paar Tage essen, ihr Gebet »Gib uns unser täglich Brot heute« würde beantwortet sein.

Nwalor hatte beschlossen, daß es zu langsam ginge, eine Orange für zehn Kobo zu verkaufen, deshalb hatte sie sie für weniger verkauft. Ifeyinwa hatte Verlust gemacht, doch ausnahmsweise war ihr das egal. Sie hatte etwas Süßeres als Geld erworben – die Befriedigung, im Interesse ihrer Schwester ihre Macht ausgeübt zu haben. Sie lächelte Nwalor an, die – nachdem sie erwartet hatte, ausgeschimpft zu werden – fröhlich wegrannte, um mit ihren Freundinnen zu spielen.

Die Vision des Woli 18

Rike erwachte aus ihrer Trance und erkannte, daß ihr Leben in Trümmern lag. Sie rief geistesabwesend nach Grace, um sich von ihr den Kopf wickeln zu lassen, und machte sich fertig, um auf den Betplatz zu gehen. Es war eine instinktive Reaktion, und sie fuhr ohne nachzudenken dorthin. Alles, was sie sah, war verwischt – der Zuckerrohr-, die Orangenverkäufer im Rinnstein auf der linken Straßenseite. Es war bald Abend, und die Hitze der Sonne ließ nach.

Das Auto verließ die Teerstraße und fuhr knirschend auf einen steinigen Weg, der zu einem großen freien Gelände führte, das eine kleine Kirche mit weißen Mauern und einem staubigen Dach umgab. Das freie Gelände war teilweise von weißgestrichenen Wänden umzäunt. Die Gläubigen zogen es häufig vor, draußen zu beten, unter den Schirmbäumen und den Hibiskusbüschen. Das offene Gelände war fast so wie das Innere einer Kirche.

Rike war sich nicht bewußt gewesen, wie schnell sie gefahren war, als ob sie von Dämonen verfolgt würde. Sie konnte deutlich sehen, wie sich Kehinde und Albert liebten und Albert nie mehr zu ihr zurückkehrte. Ihre ängstliche und überaktive Phantasie beschwor Bilder von zahllosen Verwandten und Freunden herauf, die nach England und Amerika gegangen waren und versprochen hatten, in ein paar Jahren zurück zu sein. Zwanzig Jahre später waren sie dann, trotz Klagen über Rassismus, Arbeitslosigkeit und geraubter Würde, immer noch dort. Wenn Albert wieder gehen sollte, wußte Rike, daß er in dieselbe Falle tappen würde. Wenn er seinen Job aufgab, nur um hinzufahren und sein

Haus zu verkaufen, nun, Jobs für Leute ohne Zeugnis wurden in Nigeria allmählich rar. Hier mußten Bewerber jung sein, Zeugnisse, aber nicht unbedingt Berufserfahrung haben.

Eine Gruppe betender Menschen und ein paar *wolis* blickten auf beim Dröhnen des Autos. Glücklicherweise war ihre Mutter, Mama Abeni, dort; sie saß auf einem niedrigen Schemel unter dem größten und ältesten Schirmbaum, den die *wolis* besonders schätzten, weil er den meisten Schatten spendete. Sie stand auf, die Hände wie zum Segen ausgebreitet. Ein oder zwei *wolis*, die barfuß von einer Hütte zur anderen watschelten, sahen auf und gingen langsam weiter. Rike war nicht der Typ, der ohne Grund an diesen heiligen Ort fuhr und dabei soviel Staub aufwirbelte. Etwas mußte passiert sein. Sie wirkten jedoch nicht interessiert, sondern sahen aus den Augenwinkeln zu und fragten sich nach dem Grund für Rikes Erregung. Als Rike ausstieg, kam ihre Mutter näher, die Hände immer noch erhoben, und die anderen Gläubigen blieben zurück.

»Paß auf, wie du gehst, Tochter«, grüßte Mama Abeni mit beherrschter Stimme.

»Gott sei Dank für einen schönen Abend, Mütter und Väter.« Mit ihrem Gruß dankte Rike allen Anwesenden.

»Geht es dem Baby Ogochukwu gut?«

»Und dem zweiten?«

»Deinem Mann?«

»Alles in Ordnung mit ihm?«

»Mit seinem Job ist alles okay?«

»Und dein Job auch?«

»Und das, das du in dir trägst, tritt es gut umher?«

Während Rike als Antwort auf all diese Fragen nickte und ihre Mutter bei jedem Nicken »Der Herr sei gepriesen« anstimmte, wurde ihr ihre erdrückende Last leichter. Durch ihr Grüßen deuteten die Gläubiger schlimmere Unglücksfälle an. Nach der letzten Frage fand sie es sogar schwierig, anzufangen, über ihre Sorgen zu reden. Die Frauen bemerkten ihr Zögern und hoben an zu singen: »Sei dankbar für alles, was dir beschert wurde, zähl es nacheinander auf.« Am Ende des Liedes umgab sie ein Kreis von Menschen, die sich an den Händen hielten. Rike gestand, daß die schwere Last, die sie getragen hatte, sich in Luft aufgelöst zu haben schien, doch sie fing trotzdem an, es ihnen zu erzählen. »Eine Frau kam vor kurzem zu mir. Nicht nur eine normale Frau, sondern die Schwester meiner Gefährtin. Sie kam mit Absicht, um mich unglücklich zu machen. Sie erzählte viele Lügen, doch hinter den Lügen lagen einige Ängste von mir. Sie sagte, mein Mann würde mich verlassen und zu meiner Gefährtin zurückgehen, seiner ersten Frau in England. Daß mein Mann beabsichtige, eine andere Frau zu heiraten, diesmal eine aus dem Norden. Er trifft auf seinen Reisen viele schöne Mädchen. Ich habe Angst ...« Sobald sie angefangen hatte, sprach sich Rike alles von der Seele. Wohin sollte sie mit drei Kindern? Wie konnte sie für das große Haus zahlen, das sie gemietet hatten, und wie ein Hausmädchen unterhalten? Bald würden die Kinder mehr Geld für die Schulgebühren brauchen. Ihre Stimme hob und senkte sich, und sie ließen sie sich aussprechen. Zeit bedeutete nichts. Alle hielten den Blick gesenkt, und sie sprach mit Selbstvertrauen. Die *wolis* waren zur Verschwiegenheit verpflichtet, und Rike wußte, daß sie ihnen trauen konnte. Sie war eine ihrer Lieblingstöchter. Diese christliche Gemeinde hatte während ihrer Schulzeit für sie gebetet und sie getröstet. Als sie Albert, den sie rein zufällig kennengelernt hatte, vor ein paar Jahren zu ihrem Erntedankfest eingeladen hatte, erkannte die Gemeinde sofort ihr Begehren, da sie beobachteten und bemerkten, wie sie ihm verstohlene

Blicke zuwarf. Es war leicht, sie dazu zu ermutigen, über ihn zu sprechen. Als sie erfuhren, daß er eine Frau im Ausland hatte und nach einer Arbeit suchte, luden sie zu einer besonderen Gebetsstunde ein, während der sie eine Vision für ihn hatten. Sie sagten, er würde einen besonderen Job finden, den Gott ihm vorbestimmt hatte. Sie sagten, er würde eine neue Frau heiraten, und das Kind, das diese neue Frau austrüge, wäre sein Retter. Es war leicht für Albert, einen im Ausland Gewesenen mit einem glänzenden Jaguar, und Rike, eine erfolgreiche Universitätsabsolventin, eine ernste Freundschaft anzufangen.

Die Beziehung stellte die Art Freiheit dar, nach der sich Albert in England gesehnt hatte, die er jedoch nicht hatte bekommen können. Rike war eine typische Freundin aus Lagos und stellte nicht zu viele Fragen. Sie war glücklich, einen Mann zu haben, den ihre Kirche billigte, und zwar nicht nur einen gewöhnlichen Mann, sondern einen gebildeten, der mit einer Eleganz sprach, die ihr zuerst den Atem nahm. Sie hatte sich nie zu jenen lautstarken Angebern aus Lagos hingezogen gefühlt. Albert war kühl und sehr dunkel, seine weißen Zähne leuchteten, und er wußte sich zu kleiden. Nachdem sie eine Nacht lang seinen neuen Job gefeiert hatten, erzählte sie ihm ein paar Wochen später, daß sie schwanger sei. Sie feierten eine traditionelle Hochzeit, die in Rikes Kirche eingesegnet wurde. Alberts Schwestern, Mama Kaduna und Tante Mary, waren überglücklich, und als Rike das Baby Ogochukwu zur Welt brachte, konvertierte Albert zu dieser Kirche. Er begann einen Lebensstil zu genießen, von dem er in England nur hätte träumen können. Sie hatten zwei Autos, zwei Bedienstete, schönes Wetter und ein lockeres und aktives gesellschaftliches Leben. Rike ging mehrmals in der Woche zum Gebetsort und hing an jedem Wort, das aus dem Munde der *wolis* kam. Albert war mit Reisen beschäftigt, doch er hatte das Gefühl, daß Rike und ihre Mutter, Mama Abeni, genug für sie beide beteten. Dann hatte Kehinde beschlossen zurückzukehren. Die *wolis* sagten Rike, sie solle sich keine Sorgen machen, solche Frauen seien immer zu arrogant, um ihre Ehemänner zu teilen, und würden bald wieder gehen. Als Rike erkannte, daß Kehinde tatsächlich ging, fasteten Mama Abeni und ihre Freundinnen tagelang bis zu ihrer Abreise. Sie taten dies, ohne daß die männlichen *wolis* es wußten.

Als Rike am Ende ihrer Geschichte angelangt war, waren die *wolis*, die sie umstanden, wie eine Barrikade gegen das Böse. Sie waren zu siebt, um die sieben Tage von Gottes Schöpfung zu symbolisieren. Sie riefen Gott in sieben Sprachen gleichzeitig an, nannten Gott bei sieben verschiedenen Namen. Sie flehten ihn an, herabzukommen und der Bitte seiner Magd Rike zu lauschen. Schweiß strömte über ihre Gesichter, und die Gewänder, die vorher locker heruntergehangen hatten, waren nun naß und klebten an ihren Körpern. Rike weinte, bis sie des Weinens müde war, doch die *wolis* klagten weiter zu Gott. Rikes Knie fingen an zu schmerzen vom Knien im Sand, deshalb beschloß sie, sich zu setzen, vor allem, da sie mehrere Monate schwanger war. Die Frauen fingen plötzlich an zu springen, und nach sieben Sprüngen rief eine von ihnen aus: »Man ... man ... sollte diesem ... diesem Mann – Albert – sagen ..., daß ... wenn er je ... wieder ... den Fuß ... nach ... England ... setzt ... wird er ... sterben.« Alle schnappten nach Luft. Rike fiel wieder auf die Knie. Sie wollte nicht, daß Albert starb. Die Prophetin fuhr fort: »Das Unglück kommt von seiner ersten Frau. Diese Frau, Alberts erste Ehefrau, hatte zwei Geister in sich. Wir wissen nicht, ob sie ein Zwilling ist oder nicht, aber in ihr wirken zwei Kräfte. Es ist ihr bestimmt, sehr lange zu leben, da sie zwei Leben in einem hat. Solche

Menschen sind wie Feuer. Jeder, der ihnen über den Weg läuft, wird ausgelöscht.« Schließlich kam die Warnung: Rike und Albert sollten aufpassen und bei ihrer Macht über das Haus in England nicht eingreifen. Ein lautes und schauriges Wehklagen folgte dieser Verkündigung. Ein männlicher *woli* nahm den Refrain auf, während die anderen stöhnten. »Haben wir nicht vorausgesagt, daß Albert einen Job finden würde? Haben wir ihm nicht gesagt, daß er eine neue Frau und ein Kind bekommen würde, die ihm eines Tages Glück in all seinen Unternehmungen brächten? Wenn er das christliche Leben aufgeben sollte, das Gott für ihn bereitet hat, würde er den Ruhm verlieren. Gott würde ihm den Rücken zukehren, und er würde Sein Gesicht nicht sehen. Diese Frau ist böse. Als sie ein Kind war, brachte man sie an einen bösen Ort, um ihren zweiten Geist zu besänftigen, und nun arbeiten beide zusammen, Hand in Hand, in dieser Welt. Albert braucht unsere Gebete, sonst sehe ich Unglück für ihn voraus. Du mußt ihn ganz schnell rufen. Das Unglück liegt gleich um die Ecke. Sag ihm, er soll herkommen ...«

»Er ist noch auf Reisen, Vater. Er wird in einer Woche oder so zurück sein. Er ist noch im Norden«, sagte Rike mit zitternder Stimme.

Mama Abeni, ihre Mutter, streckte eine Hand aus und half ihrer Tochter auf. »Wir werden unseren Geist auf ihn richten, damit er gesund zurückkehrt. Doch sobald er wiederkommt, sag ihm, er soll herkommen. Er braucht unsere Gebete.«

»Sei weiter eine brave und gehorsame Ehefrau, meine Tochter, eine Ehefrau, wie es Sarah für Abraham war, still, voll guter Werke und gottesfürchtig. Gott wird dich belohnen und die Frucht deines Leibes«, schloß der älteste *woli.*

Das »Amen« der männlichen *wolis* klang kurz und knapp,

dann gingen sie schnell zurück in die Kirche. Die Frauen setzten sich erschöpft und leer um Rike herum. Leise erzählte Rikes Mutter ihr, sie solle eine weiße, makellose Ziege, zwölf Dosen Milch, sieben Brotlaibe und einen Korb verschiedener Früchte bringen.

»Die *wolis* werden eine Zeitlang für dich fasten. Sie werden nach der Fastenzeit das Essen brauchen«, erklärte eine junge *woli*, die auf dem Boden saß. Sie zog Linien im Sand, als berechnete sie, was es kosten würde. Rike machte sich keine Sorgen über die Ausgaben, so dankbar war sie dafür, daß ihre Bürde nun leichter war.

Neuanfang 19

Liebe besondere Mutter,
ich hoffe, Dir geht es gut. Wir versuchen, hier zu leben und alles hier zu mögen, und körperlich sind wir in Ordnung. Du weißt doch, Mutter, daß Dad seinen Job verloren hat? Es ist ganz plötzlich passiert. In einer Minute hatte er einen Job, und in der nächsten war er entlassen. Da wußte ich, daß ich Tagesschülerin werden mußte. Dad hat mich nicht gebeten, das Internat zu verlassen, doch ich wußte, es wäre viel billiger für ihn. Er dankte mir sehr für diese Geste. Rike fährt mich meistens morgens in die Schule, weil unsere Schule nicht weit weg von der Universität liegt. Joshua bleibt im Internat. Er hat sich nicht freiwillig erboten, Tagesschüler zu werden, und keiner erwartet, daß er es tut. Du weißt ja, Mum, wieviel hier von Jungen erwartet wird. Er arbeitet sehr hart in der Schule, man kann einfach nicht glauben, daß es derselbe Joshua ist. Er bereitet sich auf seine mittlere Reife vor, und wenn er es schafft, wird er seine voruniversitäre JAMB-Prüfung machen müssen. Ich begreife das System immer noch nicht richtig. So viele Prüfungen. Die Leute hier sind neurotisch, was Zeugnisse angeht. Ich nehme an, der Grund dafür ist, weil man, wenn man keine gute Ausbildung hat, untergeht. Ich möchte meine Prüfungen bestehen, aber die Schule hier gefällt mir nicht mehr besonders. Ständig heißt es lernen, lernen, lernen. Die jungen Leute hier leben nicht, sie arbeiten nur, und wenn ich nach Hause komme, ist es unglaublich, Ma, wieviel Hausarbeit von mir erwartet wird. Meine Freundinnen sagen, daß ich so empfinde, weil ich in England geboren bin und leicht wieder zurück nach London gehen kann. Vielleicht haben sie recht. Aber Nigeria ist auch toll. Mir gefallen

die Kleider, das Wetter, die Musik, aber man braucht sehr viel Geld, um all das zu genießen. Wenn dein Dad nicht arbeitet und das einzige Einkommen von seiner zweiten Frau kommt, dann ist das Leben kein Spaß. Die meisten meiner Freundinnen denken immer noch, daß England das Tor zum Himmel ist, und ich glaube manchmal, sie haben recht. Warum können sie einem hier nicht mehr gutbezahlte Jobs beschaffen, damit Leute wie Dad, denen es in Europa nicht besonders gefällt, bleiben können? Denn hier ist es auch schön. Daddy geht es gesundheitlich nicht gut. Ich mache mir dauernd Sorgen um ihn. Ich glaube, der Grund für seinen schlechten Gesundheitszustand ist, daß er unglücklich über seine Arbeitslosigkeit ist. Er hat so viele Bewerbungen geschrieben, und man hat ihm so viele Jobs versprochen, aber keiner hat geklappt. Und all die Versprechen kosten viel Geld. Daddy muß jedem ein Trinkgeld geben, der mit dem Job zu tun hat, von der Direktion zum Geschäftsführer, nur daß sie es hier »die Handflächen ölen« nennen oder, ganz primitiv ausgedrückt, einfach gute alte Bestechung.

Nun hat Dad es aufgegeben, nach Arbeit zu suchen. Er sitzt nur rum und liest alte Zeitungen. Ich weiß nicht, wonach er sucht. Mum, ich muß Dir von Dads Frau Rike erzählen. Sie ist wirklich nicht schlecht. Ich glaube, sie liebt Daddy. Sie nimmt ihn mit in ihre Kirche. Sie tanzen wirklich toll in dieser Kirche. Neulich sind sie zu uns nach Hause gekommen und haben für Daddy gebetet, damit er einen Job findet. Sie sagten, er würde einen neuen Job finden, wenn Gott ihm vergibt. Ich wünsche, Gott würde ihm bald vergeben, denn ich befürchte, daß Rikes Einkommen nicht annähernd reicht. Ich habe gehört, wie sie sich über Geld gestritten haben, als sie nicht wußten, daß ich zuhörte.

Mum, wann holst Du Joshua und mich nach? Bitte, laß uns hier nicht allein. Ich weiß, das, was Dad getan hat, hat Dir weh getan. Joshua und ich waren zuerst schockiert, doch bald haben

wir erfahren, daß das hier üblich ist. Und Rike ist gar nicht schlecht. Sie betet dauernd für uns alle. Und wir sind eine Familie, Mum.
Ich habe Dad vorgeschlagen, eine Zeitlang bei Dir in London zu wohnen, aber er wollte nicht darüber reden. Wirst Du ekelhaft zu ihm sein, wenn er kommt? Warum schreibst Du nicht und lädst ihn ein, zumindest damit er zu einem Arzt geht? Du und Dad, ihr wart immer so gute Freunde. Mum, bitte sei nicht zu hart. Ich liebe alle Mitglieder der Familie. Ich habe viele Mütter, aber Du wirst immer an erster Stelle kommen, nicht nur weil Du mich neun Monate lang getragen hast, bevor ich geboren wurde, sondern weil Du ein besonderer Mensch bist.
Nahrungsmittel werden immer teurer. Es wäre nett, wenn Du uns aushelfen könntest, zumindest Joshua und mir, damit wir auch den anderen helfen können. Deine Schwester, Tante Ifeyinwa, kocht gut und lädt Joshua und mich zum Essen zu sich ein. Sie läßt uns Ogochukwu nicht mitnehmen. Sie bedauert Dad überhaupt nicht, sondern sagt, er verdient, was er kriegt. Wie kann ein Mensch es verdienen, keinen Job zu finden? Sie ist nett, aber ich mag es nicht, wenn sie so redet. Aber wir können es uns nicht leisten, auf ihr Essen zu verzichten.
Siehst Du noch Tante Moriammo? Grüß sie von mir. Eines Tages werde ich ihr besonders dafür danken, daß sie Dir das Geld für den Flug geschickt hat. Sonst hättest Du es Dir nicht leisten können, zu fliegen. Ihr Sohn Olumide muß ja jetzt schon groß sein. Ich kann es nicht erwarten, ihn zu sehen. Oh, ich hätte es fast vergessen – herzlichen Glückwunsch! Ich kann nicht glauben, daß Du in so kurzer Zeit, etwas mehr als drei Jahre, einen Abschluß gemacht hast! Ich weiß, Du hast gesagt, Du seist entschlossen, einen Universitätsabschluß zu bekommen, aber ehrlich, Mum, ich habe nicht geglaubt, daß Du es schaffen könntest. Herzlichen Glückwunsch, Mum.
Und danke für das Taschengeld, das Du uns durch eine Ste-

wardeß geschickt hast. Ich habe Tante Ifeyinwa ihren Anteil gegeben. Mama Kaduna und Tante Mary lassen grüßen. Ich küsse Dich tausendmal.

Auf Wiedersehen, besondere Mum, und paß auf Dich auf,

Bimpe

»Warum siehst du so traurig aus?« fragte Duro. Sie waren in dem kleinen dunklen Dienstzimmer des Hotels, in dem sie arbeiteten, im *La Duchess.*
»Ich sehe so traurig aus, weil ich verwirrt bin. Ich habe heute morgen einen Brief von Bimpe bekommen.« Duro strahlte, und sie nahm den Markierstift aus ihrem Mund. »Heh, Kind Gottes!« rief sie. »Bimpe mit den tiefen Gefühlen. Hat sie geschrieben, daß es allen gutgeht?«
»Ja, sie hat geschrieben, allen geht es gut.«
»Kein Bauchweh, kein Kopfweh, kein Rheuma?«
Kehinde lachte. »Du nimmst das Leben nie ernst, oder, Duro?«
»Ne. An dem Tag, an dem ich sterbe, will ich, daß sieben Tage lang ohne Unterbrechung eine Party gefeiert wird, mit viel Essen, viel Musik, Tag und Nacht.«
»Aber doch wohl nicht im kalten London. Duro, bitte, mach die Tür zu.«
Der Raum wurde noch winziger, doch indem sie die Tür schlossen, vermieden sie die Gäste, die die Angewohnheit hatten, sie zu überraschen. Der Hotelflur lag in gedämpftem Licht und hatte einen tiefen grauen Teppich – ein völliger Kontrast zu dem winzigen Zimmer, in dem sie arbeiteten. Riesige Staubsauger lehnten schwer an einem Stapel Wäsche, Toilettenpapierrollen und Handtüchern, die die winzigen Fenster versperrten. Im Sommer fiel das Sonnenlicht direkt auf ihre Seite des Gebäudes, und sie kochten vor Hitze.

»Sie will nach London zurück. Nicht nur sie, sondern auch Joshua.«

»Das überrascht dich also? *Sebi*, können sie denn nicht lesen? Selbst Kinder können die Zeichen an der Wand lesen. Die Militärregierung macht schon wieder Mist. Der Karneval ist jetzt vorbei. *Yamutu!* Alle rennen jetzt zurück nach London, um *gburu* zu machen. Immer heißt es: ›Die Affen sollen arbeiten, und die Paviane können draufhauen.‹ Wenn wir alle Arbeit gemacht haben, geben wir es dem Westen zurück als Zahlung für die Darlehen. Und wir lehnen uns zurück und tadeln sie.«

»Aber diese neue Militärregierung hat versprochen, nach dem Staatsstreich Verbesserungen vorzunehmen. Ich verstehe nicht, warum wir ständig Diebe einladen, immer wieder. Jetzt wollen unsere Kinder nicht mal mehr dort bleiben.«

»Hm ... Kehinde, weißt du nicht, daß wir uns dem Teufel verkaufen, wenn nur das Geld stimmt? Ich verschwende meine Zeit nicht damit, mir was vorzumachen, ich gebe allmählich die Hoffnung für unser Land auf. Wenn das Land gut geführt wird, würden wir dann hier als Hotelputzen arbeiten? Du mit deinem Soziologieabschluß und ich mit so vielen Diplomen?«

»Ja«, stimmte Kehinde zu, »man sieht all die Frauen, die in der U-Bahn putzen, sie sind so qualifiziert wie wir, aber sie tun es, weil sie von der Bezahlung nicht leben können. In Nigeria können mit Ausnahme der korrupten Politiker nur sehr wenige ehrliche Leute von ihrem Beruf leben. Dies bringt nichts für unsere Würde, ich weiß, aber so ist es nun mal. Die Kinder wollen gutes Geld verdienen. Das Leben hier wird leichter für sie sein, als es für uns gewesen ist. Schließlich wurden sie hier geboren. Aber ich habe gedacht, daß sie etwas länger bleiben würden.«

»Länger bleiben, um was zu tun?« fragte Duro lachend. »Du konntest doch selber den täglichen Streß in Lagos nicht aushalten. Ich glaube, du bist zu weit in den Markt gewandert wie das Kind im Märchen. Wir sind verdammt, den besten Teil unseres Lebens damit zu verbringen, dem sogenannten Mutterland zu dienen und frisches afrikanisches Blut in seine müden Adern zu pumpen, um es am Laufen zu halten. Es ist nett, weiter zu denken, daß wir eines Tages zurückgehen können und glücklich bis ans Lebensende leben, aber ich habe schon höherqualifizierte Leute gesehen, die sich fast umbrachten, um hierherzukommen und sogar diese niedrigen Jobs zu machen, über die wir uns beklagen. Du willst, daß unsere Kinder wirklich frei sind? Nun, sie sind frei, diese Wahl zu treffen. Viele ihrer Altersgenossen zu Hause wären froh, diese Gelegenheit zu haben.«

»Duro, siehst du das wirklich so?«

»Kann man es anders sehen? Vielleicht werden sich in der Zukunft die Dinge ändern. Vielleicht wird es dann weniger korrupte Führer in unserem Teil der Welt geben, aber bis dahin werden unsere besten Köpfe immer wegrennen, um für den weißen Mann zu arbeiten.«

Kehinde seufzte. »Wenn ich nur einen besseren Job kriegen könnte, um für ihre Flugtickets sparen zu können.«

»Warum nimmst du nicht auch den Abendjob auf dieser Etage an, nur für ein oder zwei Monate?«

Sie verstummten. Ihre Ohren waren geübt darin, leisen Schritten auf dem dicken Teppich zu lauschen, und sie kannten sie sehr gut. Es war ihr Aufseher, Mr. Butterworth, der sich näherte. Kehinde begann, hektisch die gefalteten Laken zu zählen und großes Aufheben darum zu machen. Der pausbäckige Mr. Butterworth öffnete ohne anzuklopfen die Tür.

»Nummer achtundzwanzig checkt aus, und die neuen Gäste sind am Flughafen. Kehinde, gehen Sie lieber und machen Sie zuerst die Suite. Er ist Araber. Ich glaube, er bringt auch seine Familie mit.«
»Entschuldigung, Sir«, fiel ihm Kehinde ins Wort, »ich möchte abends noch ein paar Stunden extra arbeiten.«
»Sie meinen, die Tagschicht reicht Ihnen nicht? Ich weiß wirklich nicht, woher Ihr Mädchen die ganze Energie habt. Habt ihr gar kein geselliges Leben?« Keine antwortete ihm. Er verdrehte den Kopf, um den Hotelschlips zu lockern, der ihm offenbar Unbehagen bereitete. Er sah sich genau die beiden schwarzen Gesichter an, die ihn anblickten, und zuckte die Achseln. »Wie Sie wollen«, fügte er hinzu, »die Abendschicht ist leichter, weil normalerweise keine Betten zu machen sind. Ja, Sie können sich abends um diese Etage kümmern.«
»Oh, danke, vielen Dank. Dies«, fuhr Kehinde fort, die ihre Arme wie Windmühlen herumwirbelte, wie es ihre Schwester Ifeyinwa immer tat, »ist unser geselliges Leben.«
»Sie meinen, Geld ist der Grund dafür?«
»O Mister Butterworth, sagen Sie uns, für welches Übel ist nicht Geld der Grund?« scherzte Duro.
»Ach, dies ist nicht für etwas Schlechtes«, erklärte Kehinde. »Das Geld, das ich hier bekomme, ist für mich und meine Familie wie das Leben selber.«
Duro lachte und entblößte dabei ihre weißen Zähne. »Was mich angeht, als ich angefangen habe, war mein Lohn der Zuckerguß auf dem Kuchen, nun ist er der Kuchen oder vielmehr das Brot.«
Mr. Butterworth sah sie beide verlegen an, doch zumindest hatte er der Extraarbeit zugestimmt. Er watschelte hinaus und ließ Kehinde die Suite für den Scheich und seine Familie vorbereiten.

»Siehst du, Jobs sind hier leicht zu kriegen«, kommentierte Duro.
»Ich habe zweiundsiebzig Bewerbungen an Banken geschrieben, habe darum gebettelt, für die Art Stelle in Erwägung gezogen zu werden, die ich hatte, bevor ich nach Nigeria gegangen bin. Und das war noch, bevor ich meinen Uniabschluß hatte«, klagte Kehinde.
»Diesen Job hast du vor langer Zeit bekommen, und du warst blöd, daß du ihn aufgegeben hast. Solche Jobs kannst du jetzt nicht mehr kriegen. Man weiß nie, mit deinem Abschluß wird man dich vielleicht sogar als überqualifiziert ansehen. Ein gebildeter Schwarzer auf einer verantwortlichen Stelle ist eine große Bedrohung. Weiße fühlen sich in seiner Gegenwart nicht wohl.«
»Woher willst du das wissen?«
Duro zuckte die Achseln. »Ich halte nur die Augen offen. Egal, wir sind hier nicht wegen Politik oder Philosophie. Du bist eine Schwarze, deshalb geh wie eine gute Schwarze und putze Suite Nummer achtundzwanzig für einen arabischen Scheich, wie dein weißer Boß dir befohlen hat. Zumindest bereitest du die Suite für einen Nicht-Weißen vor.«
»Ach, aber das Geld aus dem Öl macht die Menschen farbenblind, meine Schwester«, erwiderte Kehinde über ihre Schulter, während sie den Raum verließ.

Nur eine weitere schwarze Frau 20

Es kam keine Antwort, als Kehinde an die Tür klopfte. Da kein »Bitte-nicht-stören«-Schild an der Tür hing, betrat sie Suite Nummer achtundzwanzig, um die Betten für die Nacht aufzuschlagen. Sie summte tonlos vor sich hin und berührte die Tagesdecke. Etwas bewegte sich. Sie schrak zurück und rief: »Oh, es tut mir so leid! Ich dachte, es sei keiner da. Ich wollte nur die Bettdecke aufschlagen, aber dann komme ich eben wieder.«

»Oh, ist schon gut«, erklang die leise, volltönende Stimme des arabischen Gastes. Sein modulierter Akzent erinnerte an den eines gebildeten Hausa in Nigeria. Er trug ein langes Gewand mit einem weißen Kopfschmuck, als ob er sich zum Ausgehen fertig gemacht hätte, bevor er beschlossen hatte, sich ein wenig auszuruhen.

»Tut mir leid. Ich kann wiederkommen«, wiederholte Kehinde.

»O nein, machen Sie nur weiter«, sagte der Araber und kletterte aus dem Bett.

Kehinde mochte es nicht, wenn Leute ihr beim Arbeiten zusahen. Doch sie tat ihr Bestes, ihn zu ignorieren. Sie zupfte hier und da an der Bettdecke, zog die Vorhänge zu und spähte in das Badezimmer aus Marmor. Ihre Hand lag schon auf dem Türgriff, als sie die klangvolle Stimme wieder hörte. »Sie sprechen sehr gut Englisch.«

Kehinde wollte sagen: »Sie auch«, erinnerte sich jedoch daran, wo sie war. Das Hotel gehörte zu fünfzig Prozent Arabern. Als Mrs. Okolo mit ihrem Mann an ihrer Seite wäre sie grob zu dem Araber gewesen, wie reich er auch sein

mochte, aber nun war sie eine alleinstehende Frau, dic dic Betten für reiche Araber in einem Hotel machte.
»Danke. Ich habe einen Abschluß in Soziologie«, sagte Kehinde steif und wußte dabei nicht, was sie sich von dieser Nachricht erwartete. Die Tatsache, daß sie einen Abschluß hatte, gab ihr das Gefühl, daß sie das Recht hätte, den Kopf hochzuhalten, obwohl sie nur eine Putzfrau war. Endlich fühlte sie sich Alberts zweiter Frau Rike ebenbürtig, was vielleicht der Grund dafür war, warum sie überhaupt den Studiengang für diesen Abschluß belegt hatte. Sie sah den reichen Araber direkt an. Seine Augenbrauen waren leicht hochgezogen, und auf seinen Lippen lag so etwas wie Belustigung. Kehinde haßte ihn für seine Arroganz. Sie fühlte sich hilflos, wie sie an der Tür stand und darauf wartete, gehen zu dürfen.
Der Araber ließ sich Zeit, bevor er wieder sprach, dann sagte er: »Meine Frauen werden in ein paar Tagen hier sein. Wir sind Moslems. Ich erkenne, daß Sie Nigerianerin sind, und die meisten Nigerianer sind Moslems. Ich möchte, daß Sie ihnen Englisch beibringen.« Er sagte dies mit der Stimme von jemandem, der daran gewöhnt ist, sich alles kaufen zu können.
Bleib ruhig, sagte Kehinde zu sich. Ihre Bildung und ihr Hintergrund hatten sie nie in persönlichen Kontakt zu einem Araber gebracht, obwohl sie in einer Gegend mit vielen Moslems aufgewachsen war, als sie mit ihrer Tante in der Macuallum Street lebte. Sie hatten Fleisch und Felle, beteten mehrmals täglich und gaben den Bettlern Almosen. Die Ebute-Metta-Moslems trugen Wasser in Kesseln, so daß sie sich waschen und beten konnten, wo sie gerade waren, und sie kauten Kolanüsse. Sie hatten sie nicht auf diesen Mann in seinem Seidengewand vorbereitet, der mit leiser Stimme sprach, die sie nur schwer verstand. Seine Bewegun-

gen waren so lässig, daß Kehinde das Bedürfnis verspürte, etwas Unhöfliches und Heftiges zu tun. Sie schrieb diesen Impuls ihrer Taiwo zu, die sie niemals Demütigungen hinnehmen ließ. Sie wünschte, sie könne ablehnen, wenn auch nur, um diesem trägen Mann zu zeigen, daß sie nicht das tun mußte, was er ihr sagte. Kehinde war sich sicher, daß er in seiner Heimat einen ägyptischen oder nigerianischen Diener hatte, der seine Lippen für ihn öffnete und schloß, wann immer er eine Silbe äußern wollte.

Doch sie konnte es sich nicht leisten, abzulehnen. Sie brauchte dringend Geld, um es Bimpe und Joshua zu schicken, weil deren Vater in mittleren Jahren beschlossen hatte, polygam zu werden. Ja, sie würde den Frauen oder Konkubinen oder Geliebten des Arabers Unterricht geben oder wen immer er noch anbringen mochte. Sie wollte fragen, wie lange sie in dieser üppigen Suite bleiben würden, die praktisch eine eigene Wohnung war.

»Ja, ich werde ihnen Englisch beibringen«, sagte sie mit einem falschen Lächeln.

»Kommen Sie morgen um diese Zeit zu ihnen, Mrs. ...?«

»Kehinde!« Das »Mrs.« war hier nicht angebracht. Sie wartete darauf, daß der Scheich ihr seinen Namen sagte, doch er hatte bereits das Interesse verloren, abgelenkt von einer Zeitschrift auf dem Beistelltisch. Kehinde sah sich den Bruchteil einer Sekunde um, um sich zu vergewissern, daß sie alles getan hatte, was sie tun mußte, als die leise Stimme wieder ertönte: »Schalten Sie bitte den Fernseher auf ein anderes Programm.«

Kehinde starrte auf die Fernbedienung auf dem Beistelltisch und hielt sich wieder zurück. Sie schaltete den Fernseher auf das gewünschte Programm um und stürmte fast blindlings aus der Suite, bevor man ihr noch eine demütigende Aufgabe zuteilte.

Kehinde fühlte sich elend und wollte weinen. Allah Baba! Albert hatte sie kleingemacht. Wo waren die Würde und der Stolz auf sich selbst, die man ihr in der Schule beigebracht hatte? Sie war froh, daß sie dem Scheich erzählt hatte, daß sie einen Universitätsabschluß hatte, selbst wenn es nur einer in Soziologie war, einer Disziplin, die einen für nichts qualifizierte. Sie gestattete den Tränen der Frustration, die sich in ihren Augen ansammelten, nicht auf ihre Wangen zu rinnen. Statt dessen wischte sie sich heftig über die Augen und erinnerte sich an Bimpes Brief: »Wann läßt Du uns nachkommen, Mum?« Stolz und Selbstmitleid würde ihnen kein Geld für den Flug schicken. Solche Gefühle waren ein Luxus, den sie sich nicht mehr leisten konnte.

Aus irgendeinem Grund erzählte sie ihrer neuen Freundin und Kollegin Duro nichts, und sie rief auch Moriammo nicht an. Sie und Moriammo waren sich seit dem Tod von Tunde bei einem Autounfall vor ein paar Monaten nähergekommen. Moriammo kam nur schwer mit Tundes Ableben zurecht. Sie beklagte sich, daß sich das Haus ohne Tunde leer anfühle, und nahm Mieter im obersten Stockwerk auf, während sie und die Familie unten wohnten. Dann beklagte sie sich bei Kehinde: »Ich kann sie nicht ausstehen. Warum sollen Ehemann und Ehefrau um acht Uhr abends zu Platten tanzen, als ob sie eine Party gäben? Schließlich waren wir doch alle schon mal verheiratet, was soll dann also diese *shakara*, na? Wenn ich mich wieder ganz erholt habe, werde ich mein Leben weiterleben und für einen Abschluß studieren, wie du es gemacht hast.« Zwölf Monate später hatte sie immer noch nicht mit ihrem Studium angefangen. Sie ging nicht einmal nach der Beerdigung an ihren alten Job zurück. »Schließlich muß ich keine Hypothek mehr zahlen«, sagte sie. Kehinde hatte nicht das Gefühl, daß es

angemessen wäre, sich Moriammo wegen des Scheichs anzuvertrauen, deshalb behielt sie es für sich.
Schließlich kam nur eine der Frauen des Scheichs, und sie konnte nicht älter als fünfzehn Jahre sein. Der Scheich war alt genug, um ihr Vater zu sein. Kehinde konnte an ihren müden Augen und den manchmal ungeschickten Bewegungen erkennen, daß dies hier ein junges Mädchen war, das mit häufigen sexuellen Forderungen zurechtkommen mußte. Kehinde sollte sie »Prinzessin« nennen, während diese Kehinde mit dem Vornamen anredete.
»Die anderen werden in ein paar Tagen zu uns stoßen«, sagte der Scheich beiläufig. Kehinde war sich bewußt, daß er bei der ersten Stunde, die sie der Prinzessin gab, genau zusah, auch wenn er währenddessen kaum die Augen aufmachte. Er legte sich auf dem Sofa zurück und schien zu schlafen, doch Kehinde wußte, daß er zuhörte.
Sie brachte der Prinzessin bei, wie man »guten Morgen« und »auf Wiedersehen« sagte und wie und wann man »danke« sagte. Dann nahm sie verschiedene Gegenstände und brachte ihr die Namen bei; sie erwärmte sich für die Aufgeschlossenheit des jungen Mädchens. Die Stunden vergingen überraschend schnell, und Kehinde sammelte ihre Sachen ein und machte sich zum Gehen fertig, während die Prinzessin wie ein Kind, das sie ja auch war, ihr zum Abschied nachwinkte. Die müde Stimme des Scheichs ließ sie an der Tür innehalten. »Warten Sie, ein Arbeiter ist seinen Lohn wert.«
Arbeiter? Wer, ich? dachte Kehinde.
Ohne sie anzusehen, zog der Scheich eine teure Lederbrieftasche aus seinem Gewand. Während er mit schweren Augenlidern dastand, nahm er eine Handvoll Scheine aus einem neuen Packen Banknoten und legte sie auf den Tisch. Er achtete nicht auf Kehinde, sondern drehte sich um

und begann, mit seiner Frau zu sprechen. Kehinde wußte, daß sie entlassen war. Die Prinzessin winkte wieder, und Kehinde verließ das Zimmer.
Als sie auf dem Flur war, zählte sie die Scheine in ihrer Hand und pfiff leise. Nicht schlecht, gar nicht schlecht. Was ich in einer englischen Unterrichtsstunde verdiene, ist mehr als das, was ich für neun Stunden als Zimmermädchen im Hotel bekomme.
In den nächsten Tagen blieben sie und die Prinzessin allein. Kehinde nutzte Kindersendungen im Fernsehen als Lernhilfe, so daß sie sich beide amüsierten. Im Lauf der Zeit bemerkte Kehinde, daß die anderen Frauen noch nicht angekommen waren.
Eines Nachmittags blieb der Scheich in seiner liegenden Position und las eine Zeitschrift, nachdem Kehinde gekommen war, obwohl er wie immer ihren Gruß nicht erwiderte und nicht zu erkennen gab, daß er sie bemerkte. Fatima und Kehinde machten mit ihrer Lektion weiter. Sie waren in einem der anderen Zimmer, und Kehinde hatte den Rücken der Tür zugewandt, als Fatima plötzlich aufsah und in ihrem Gesicht Angst und Überraschung zu lesen waren.
Der Scheich begann auf Englisch mit Kehinde zu reden. »Was denkt Ihr Mann davon, daß seine Frau in einem Hotel arbeitet?«
Kehinde drehte sich so schnell um, daß die Spielmarken, die sie beim Unterricht mit Fatima benutzte, von ihren Knien fielen.
»Viele Leute arbeiten in Hotels, deshalb ...«
»Haben Sie überhaupt einen Mann?«
Kehinde stand auf und hielt sich so aufrecht, wie sie nur konnte.
»Natürlich habe ich einen Mann. Er ist im Moment in

Nigeria, und ich mache diesen Job, um genug Geld zu sparen, um meine Kinder herzuholen.«
»Ah, Kinder, Kinder! Das sagen alle.«
Dann wandte er sich Fatima zu und sagte etwas in Arabisch zu ihr. Was er auch sagte, es erschreckte Fatima so sehr, daß sie in das andere Zimmer eilte und ihren Mund bedeckte, damit sie nicht aufschrie. In ihrer Eile trat sie auf ihren schwarzen Schleier, und als er fiel, enthüllte er Massen von wunderschönem kastanienbraunem Haar, das ihr bis auf die Taille fiel.
So abrupt, wie er sich Fatima zugewandt hatte, so schnell drehte sich der Scheich zu Kehinde und machte eine Bewegung mit einer Hand. »Ziehen Sie sich aus! Ich will sehen, wie eine nackte schwarze Frau aussieht.«
Kehinde öffnete den Mund und schloß ihn wieder, wie ein Fisch, der nach Luft schnappt.
»Ich will nicht mit Ihnen schlafen. Ich will nur sehen, wie Sie ausschauen. Ich werde Sie bezahlen«, sagte er gedehnt.
Schweiß rann von Kehindes Kopf in ihr Kleid. Sie zitterte wie Espenlaub. Sie erinnerte sich an die Frau, die sie mit Albert auf der Straße gesehen hatte, als dieser sie in die Klinik gefahren hatte. Wie lange war das her? Sie hatte die Frau eine Hure genannt, doch der fünfzehnjährigen Fatima dort in dem anderen Zimmer mußte sie wie diese Frau erschienen sein. Fatima war die junge, unschuldige Frau des Scheichs, gezüchtet für die vollkommene Unterwerfung, doch Kehinde war eine schwarze Frau, die Hotelzimmer putzte.
»Ich sage, zieh dich aus«, wiederholte der Scheich ungeduldig. »Ich will ja nicht mit dir schlafen …«
Kehinde wollte fragen, warum er dächte, daß sie ihm gehorchen würde, doch dann erinnerte sie sich an die internationalen Hotels in Lagos, wo vierzehnjährige Mädchen in

Schwärmen um jeden Ausländer herumschwirrten, gierig nach fremder Währung, und die Hotelbesitzer ermutigten sie bei ihrem Geschäft, das auch ihres blühen ließ. Sie holte ihren Mantel hinter der Tür und verließ ruhig die Suite. Der Scheich mochte wissen wollen, wie der Körper einer schwarzen Frau aussah, doch dieser Körper würde nicht der ihre sein.

Sie war sich bewußt, daß der Mann etwas sagte, doch sie achtete nicht auf ihn, sondern ging langsam den weichen Flur entlang, vorbei an zahllosen Türen. Sie fühlte sich beschmutzt und unfähig, nach Hause zu gehen. Sie brauchte die frische, saubere Frühlingsluft in ihrer Lunge nach der Treibhausatmosphäre in der Suite des Scheichs. Ihre Füße führten sie aus dem Hotel hinaus, und sie fand sich in einem Bus wieder, der zur Harley Street fuhr. Sie erinnerte sich, daß dies die Straße war, in der sie vor noch nicht langer Zeit ein Urteil über eine andere Frau gefällt hatte. Jetzt fragte sie sich, warum die Frau die Harley Street heruntergewandert war, als wäre sie eine Hure, wie Kehinde sie genannt hatte. Es war nie ein Rotlichtbezirk gewesen. Hatte sie nach Hilfe gesucht? War Kehindes Erfahrung mit dem Scheich Gottes Art, sie daran zu erinnern, wie Frauen einander be- und verurteilen? Sie nahm die U-Bahn an der Great Portland Street und kam nachdenklich bei sich zu Hause in Leyton an.

Zu Hause nahm sie ein Bad und schrubbte sich so heftig mit ihrem nigerianischen Schwamm ab, daß sie sich überall wund anfühlte. Im Bett warf sie sich hin und her und fragte sich, auf wen sie wütend sein sollte. Auf Gott, weil er sie als Frau geschaffen hatte? Auf Männer wie den Scheich und Albert, die dachten, Frauen sollten jedem lächerlichen Plan zustimmen, den sie machten? Auf andere Frauen, die in ihrer Unwissenheit über ihre Schwestern urteilen? Wessen Schuld war es?

Gegen Morgen fiel sie in einen unruhigen Schlaf, aus dem sie durch ein zaghaftes Klopfen geweckt wurde. »Guten Morgen, Mrs. Okolo. Sie haben verschlafen, oder gehen Sie heute nicht arbeiten?« fragte der karibische Mieter und streckte seinen Kopf herein.
»Ich bin ein wenig müde, ich nehme mir nur einen Tag frei«, log sie. Dann erinnerte sie sich an ihre Manieren und sagte: »Aber danke, Mr. Gibson, daß Sie nach mir geschaut haben.«
»Überhaupt kein Problem. Ruhen Sie sich also gut aus«, sagte er und ging.
Kehinde rief Duro an, um ihr zu sagen, sie habe das Gefühl, daß sie es übertreibe, wenn sie Tag und Nacht arbeitete. Sie sagte, sie brauche eine Pause, und bat sie, sie bei Mr. Butterworth zu entschuldigen. Duro war verblüfft. Sie und Kehinde standen sich nicht nahe genug, um sie direkt zu fragen: »Aber was ist denn los mit dir? In der einen Minute willst du mehr Arbeit, und in der nächsten verkündest du, daß du zuviel tust.«
Kehinde war dankbar, daß Duro keine Erklärung verlangte. Sie waren lange genug in England, um etwas von der Zurückhaltung der Einwohner erworben zu haben. Selbst als Kehinde ein paar Tage später im Büro anrief, um zu sagen, daß sie nicht wiederkäme, fragte Duro nicht, was los sei. Zurückgezogenheit hat auch ihr Gutes, überlegte Kehinde, vor allem, da sie nicht in Worte fassen konnte, was in ihrem Kopf vorging. Es war, als ob Kehinde gezwungen wäre, alles selber herauszufinden. Putzstellen waren nicht schwer zu finden, und Kehinde fand eine andere bei Marks and Spencer in ihrer Gegend. Sie war zu alt für deren Managerschulungsplan. Die junge Frau beim Arbeitsamt, wo sich Kehinde einschrieb, lauschte mitfühlend ihrer Geschichte; sie erinnerte sie an Leah, das Mädchen, mit dem sie in der

Klinik in einem Zimmer gelegen hatte. Wie Leah war Melissa eine gute Zuhörerin und viel jünger als sie selber. Als sich ihre Blicke trafen, waren Melissas Augen feucht. Sie gab ihr die Angaben über einige freie Teilzeitstellen, die die DHSS anbot.

»Dies hier ist ein Teilzeitjob, das weiß ich, aber man braucht einen Abschluß in Sozialwissenschaften, um dafür in Frage zu kommen. Oder Sie könnten mit Ihrer Putzerei weitermachen, und wenn Sie genug gespart haben, um Ihre Kinder herzuholen, könnten Sie sich um bessere Jobs bewerben«, schlug sie vor. Es entstand eine Pause, in der beide über die Absurdität ihres Ratschlags nachdachten. Melissa erklärte: »Berlin, und die Putzfrauen in meinem Zimmer waren Türkinnen, die nach Berlin gekommen waren, um Geld zu verdienen. Manche von ihnen waren auch Akademikerinnen, die in ihr Land zurückzugehen planten, sobald sie es sich leisten konnten, ihren Beruf auszuüben.«

»In meinem Land ist es dasselbe«, sagte Kehinde. »Die Bezahlung ist niedrig, und viele Menschen sind überqualifiziert, deshalb sind viele von uns in die Industriewelt gekommen, um unseren Lebensunterhalt zu verdienen. Meine Kinder lieben das Leben in Nigeria, aber auch sie möchten lieber zum Arbeiten hierherkommen und vielleicht zurückgehen, wenn sie älter sind. Ich hoffe auch, eines Tages zurückzugehen. In der Zwischenzeit will ich genug verdienen, damit ich mich überhaupt entscheiden kann, ob ich gehe oder bleibe. Es wird teilweise von meinen Kindern abhängen.«

»Sehen wir den Tatsachen ins Gesicht, Kinder gehören unseren Männern auf eine andere, distanziertere Weise als uns. Unser Verantwortungsbewußtsein ist unmittelbarer und näher.«

»Hat die Bildung uns denn überhaupt geholfen?« fragte Kehinde verzweifelt.
»O ja, Bildung hilft. Wenn Sie keinen Abschluß gemacht hätten, hätte man Sie nicht in Erwägung für diesen Dreitagejob gezogen. Es wird dort nicht viel männliche Konkurrenz geben. Die meisten Männer und jüngeren Leute wollen Vollzeitjobs. Aber es ist keine erniedrigende Arbeit. Und Sie können sicher sein, daß man Sie nicht bitten wird, sich auszuziehen.«
Als Kehinde zur Tür hinausging, wünschte sie sich, daß Melissa den letzten Satz nicht gesagt hätte. Sie hatte das Gefühl, ihre Erfahrung mit dem Scheich sei zu demütigend, um darüber Witze zu machen. Deshalb war sie nicht schnell gelaufen, um Duro ihr Herz auszuschütten, als es passiert war. Obwohl Melissa mitfühlend war, hatte Kehinde das Gefühl, daß ihre Verletzung banalisiert worden sei.
Danach sank Kehinde für ein paar Tage in eine tiefe Depression. Michael Gibson fragte sie immer wieder, warum sie nicht an ihre Arbeit zurückgehe, doch sie konnte ihm nicht erzählen, daß sie damit beschäftigt war, eine Bestandsaufnahme ihres Lebens zu machen und ihren Wert neu einzuschätzen. Eines Nachmittags antwortete sie gereizt auf seine Nachfrage: »Sie klingen wie mein Gefängniswärter, Mr. Gibson.«
Er lachte, und seine Zähne leuchteten dabei. Kehinde sah ihn an und erblickte einen schwarzen Mann von mittlerer Größe, etwas korpulenter als Albert, der khakifarbene Arbeitskleidung trug.
»Ich heiße Michael«, sagte er nur. »Das habe ich Ihnen doch schon oft gesagt.«
Kehinde wußte, daß er Michael hieß, doch lange hatte sie lustlos an ihn einfach nur als an den karibischen Mann gedacht, der oben wohnte.

»Arbeiten zu gehen, was auch immer es ist, ist besser, als zu Hause rumzusitzen. Die Sorgen vervielfachen sich nämlich, wenn man zu Hause sitzt«, sagte er freundlich.
»Man hat mir bei der DHSS einen Job versprochen«, vertraute ihm Kehinde plötzlich an.
Michael Gibson setzte sich auf einen Stuhl am Küchentisch.
»Das ist ja gut«, ermutigte er sie. »Es ist eine gute und verläßliche Arbeit, im öffentlichen Dienst. Wann fangen Sie an? Sie neigen dazu, sehr langsam zu sein, was Terminemachen angeht.«
»Ich weiß«, erwiderte Kehinde. »Ich bleibe in meinem Marks-and-Spencer-Job, bis der öffentliche Dienst bereit für mich ist ... Ich mache Ihnen eine Tasse Tee, Mister Gibson.«
»Danke, Mrs. Okolo, aber ich mag Tee wirklich nicht sehr. Ich trinke schon zuviel bei der Arbeit. Wie wär's, wenn wir chinesisch oder indisch essen gingen?«
Kehinde sah ihn genau an, in ihrem Kopf arbeitete es. Sie hatte aufgehört damit, zu protestieren, daß ihre Gedanken nur ihr gehörten, und angefangen, Taiwos Stimme als ständigen Teil ihres Bewußtseins zu akzeptieren. Ifeyinwa hatte gesagt, sie sei die unkonventionellste Frau, die ihr je begegnet sei: ihre Ehe aufzugeben, nur weil ihr Mann eine andere Frau genommen hatte. Sie entgegnete, wenn jede Frau wegen so eines trivialen Grundes ginge, würde es nur noch wenige Ehen geben, doch Ifeyinwa war auch noch nie aus ihrem Geburtsland herausgekommen. Sie wußte nicht, wie es war, von ihrem Mann zu einem Arzt gebracht zu werden, um ein »unerwünschtes« Kind abzutreiben. Und Ifeyinwa würde auch nicht begreifen, wie sie indisch oder chinesisch mit einem Mann essen gehen könnte, der nicht ihr Mann und noch nicht mal Nigerianer war.
»Ich habe wirklich noch nie viel auswärts gegessen«, sagte Kehinde.

»Wirklich, warum das?« fragte er.
»Wir bewirten zu Hause, laden Leute ein, kochen und reden.«
»Dann wird das ja eine neue Erfahrung sein«, meinte Gibson und lachte.
Sie gingen aus, und Kehinde genoß es. Abgesehen von mitgebrachten Fish and Chips und den Mittagessen bei Wimpy, als sie noch in der Bank gearbeitet hatte, hatte sie diesen Aspekt des Londoner Lebens noch überhaupt nicht erforscht. Sie hatte viele gutgekleidete Menschen gesehen, die in das Hotelrestaurant gingen, wo sie arbeitete, doch aus irgendeinem Grund hatte sie immer gedacht, so etwas sei nur für andere Leute. Sie lernte dazu. Als sie Mr. Gibson dankte, der den ganzen Abend darauf bestanden hatte, daß sie ihn Michael nannte, streckte sie ihm ihre Hand entgegen.
Er lächelte träge und sagte: »Gute Nacht, Mrs. Okolo.«
»Kehinde«, erwiderte sie etwas verlegen.
»Darauf habe ich gewartet«, sagte er mit seiner melodischen Stimme. Michael kehrte, wie viele Afrikaner im Ausland, zu seiner eigenen Sprechweise zurück, wenn er sich gut genug fühlte.
Kehinde mied Gibson einige Zeit, ihr Kopf war voller Fragen. Warum war er nicht verheiratet? Was würden die Leute sagen, wenn sie mit einem karibischen Mann ausging, der mehr als fünf Jahre jünger war als sie? Sollte sie aus der Bekanntschaft Freundschaft werden lassen? Taiwo antwortete ihr in ihrer charakteristischen Weise. »Na und, wenn er fünf Jahre jünger ist als du? Na und, wenn deine Kinder die Beziehung bemerken, wenn sie nach Hause kommen? Tust du denn jemandem weh?«

Die Rebellin 21

»Warum zieht Mr. Gibson nicht aus, nun, da ich zurück bin, Mum?«
»Weil er nicht will.«
»Aber ich will es. Wenn du ihm nicht kündigst, dann tue ich es eben.«
Joshua, der vor kurzem aus Nigeria gekommen war, ließ seine pubertären Muskeln spielen. Kehinde sah ihren Sohn an und wurde sich des schlaksigen Jugendlichen bewußt, der er geworden war. Er hatte das Gefühl, die Antwort auf die Probleme der Welt zu haben, da er in Afrika gewesen war, wo man jungen Männern den Eindruck vermittelte, ihnen gehörten Himmel und Erde.
Kehinde hatte in der Zwischenzeit gelernt, ihr eigenes Leben zu leben. Mit fünfundvierzig wäre sie in Afrika alt gewesen, doch im Westen näherte sie sich gerade ihren mittleren Jahren. Sie war nicht herzlos, nur pragmatisch. Ein Sohn mußte seine Eltern nicht töten, um seine Männlichkeit zu beweisen. In ihrem Haus konnte bleiben, wen immer sie wollte.
»Mr. Gibson ist niemandem im Weg, Liebling«, sagte sie freundlich zu Joshua.
»Aber dies ist mein Haus, und ich will ihn raushaben.«
»Ganz so ist es nicht. Dies ist *mein* Haus, auch wenn es vielleicht eines Tages deines sein wird.«
Sie wartete auf einen Einwand von ihm, daß er der erste Sohn seines Vaters sei und daß Frauen keine Häuser besäßen, doch statt dessen murmelte er schmollend: »Sie sagen, er sei homosexuell.«

»Wer sagt das? Nur weil er nicht verheiratet ist? Dies hier ist England, weißt du, und die Leute müssen hier nicht verheiratet sein. Und selbst wenn er es wäre, was schadet es schon?«

Joshua schob seine Unterlippe vor. »*Shio*, eine Schande. Solche Leute sollten erschossen werden. Sie tragen Krankheiten in sich«, stieß er hervor.

»Joshua, jeder, der sexuell aktiv ist, kann AIDS bekommen. Das ist etwas, worüber du lieber nachdenken solltest, wo du doch so erwachsen bist.« Kehinde seufzte und hob einen Fuß auf das Sofa, auf dem sie saß. Tatsächlich war es ihr Wohnzimmer.

Joshua sah sie verwundert an. Er hatte erwartet, daß sie die ideale Ibusa-Dorfmutter sei, doch sie lebte in London, nicht auf dem Dorf. Dann sagte er plötzlich: »Ich habe dich mit ihm im Bett gesehen.«

»Oh, darum geht das ganze Drama also? Tut mir leid, wir wußten nicht, daß du es warst. Du solltest es nicht sehen, glaube mir, aber es ist kein Verbrechen, zu lieben. Dein Dad hat in Nigeria zwei andere Frauen genommen, und ich beklage mich nicht. Das ist eine der guten Seiten der Polygamie, sie gibt dir Freiheit. Ich bin noch seine Frau, wenn ich es will, und ich bin noch deine Mutter. Es ändert nichts.«

Kehinde lachte, als Taiwo, der Geist ihrer rebellischen Schwester, die Kontrolle übernahm. »Du hast doch Freundinnen, oder?« fragte sie. »Und warum glaubst du, wollte deine Schwester Bimpe nicht hier in London einen Abschluß machen? Weil sie bei ihrem Freund Elijah sein will. Und wenn du dir die Mühe gemacht hättest, zu klopfen, hättest du nicht gesehen, was du nicht sehen solltest. Du hast immer angeklopft, als dein Vater noch hier war.«

»Mama, siehst du denn nicht? Er ist kein Nigerianer und

nicht mal ein Afrikaner. Er ist ein Westinder, und Jahre jünger als du. Du machst dich lächerlich.«

O Gott, er glaubt wirklich an den Unsinn, den er da redet, dachte Kehinde. Erwartete er, daß sie wegen seiner Ankunft ihr Verhalten änderte? Sie fragte sich, was sie als nächstes sagen sollte, als Joshua fortfuhr: »Dem Gesetz nach soll das alles hier mir gehören. Dad hat das mehrmals gesagt, das hast du selber gehört. Warum hast du ihn damals nicht herausgefordert?«

»Ich weiß, was dein Vater gesagt hat, aber wo soll ich denn leben? Laß mich dir etwas sagen. Als dein Dad und ich anfingen, haben wir keine Häuser geerbt. Wir haben gearbeitet, um für unsere Ausbildung zu bezahlen, Meilen fort von allen, die uns liebten. Du hast mehr Glück. Du hast eine gute Ausbildung und einen britischen Paß, deshalb kannst du Entscheidungen treffen, die es für uns nicht gab.«

»Ich dachte, du solltest für deine Kinder leben«, sagte Joshua.

»Das habe ich getan, als ich jung war. Mein ganzes Leben drehte sich um eure Bedürfnisse, aber jetzt bist du ein erwachsener Mann! Mütter sind auch Menschen, weißt du.«

Joshua runzelte die Stirn. Er versuchte, sich mit einer Mutter abzufinden, die sich ganz anders benahm als die Mutter, die ihn großgezogen hatte. Es kam ihm vor, als ob Kehinde ihn nicht nur seiner Rechte beraubte, sondern auch ihrer Verantwortung als Ehefrau und Mutter auswich.

»Aber Ma, sie haben gesagt, ich solle das Haus nehmen und mich um dich kümmern. Alle Mütter wollen, daß sich ihre Kinder um sie kümmern«, sagte er flehend.

»Das ist sehr edel«, erwiderte Kehinde lachend. »Aber ich brauche im Moment niemanden, der sich um mich kümmert. Ich brauche dich als Freund sehr, genauso wie ich deinen Vater brauche, Mr. Gibson, Bimpe und viele andere. Ich habe einen Abschluß und eine Arbeit in der Sozialverwaltung. Ich genieße es, Leute kennenzulernen und mein eigenes Leben zu leben.«

»Also jetzt, wo dein Leben erfüllt ist, brauchst du deine Familie nicht mehr?« schmollte er.

»O Joshua, natürlich brauche ich euch. Ich habe nur nicht die Energie, weiterhin die Last von allen zu tragen. Manchmal brauche ich auch Hilfe.«

»Aber was ist mit Dad?«

»Was soll mit ihm sein?«

»Dies ist auch sein Haus.«

»Ich habe ihn nicht aus dem Haus getrieben. Er ist gegangen und hat eine neue Familie gegründet. Es steht ihm frei, jederzeit zurückzukommen, wenn er will.«

»Warum kommt er dann nicht?«

»Ich weiß es nicht. Vielleicht will er nicht.«

»Was heißt das? Ehrlich, Ma, ich verstehe dich nicht mehr. Ich verstehe dich nicht.«

»Müssen wir Älteren immer unser Verhalten vor euch rechtfertigen, nur weil ihr jung seid? Ich bin sicher, er hat seine Gründe, daß er London fernbleibt.«

Joshua sah seine Mutter lange und intensiv an. Er hatte vor seinen Freunden angegeben, sein Vater habe ihm ein Haus geschenkt, und er hatte damit auch vor seiner neuen Freundin Moya geprahlt. Bevor er Lagos verlassen hatte, hatte Albert zu ihm gesagt: »Wir Männer müssen zusammenhalten und auf unsere Frauen aufpassen. Das Haus in London gehört dir. Paß auf, daß es auf deinen Namen läuft. Deine Mutter liebt dich sehr und wäre glücklich, zu sehen, daß du es für dich beanspruchst. Such dir ein paar Mieter und schick mir monatlich Geld.«

Dies hatte Joshua das Gefühl gegeben, wichtig zu sein, als ob er eine Verantwortung hätte. Als Albert sich von ihm am Murtala-Muhammed-Flughafen verabschiedete, war er kühn genug gewesen, seinem Vater auf den Rücken zu klopfen und ihm zu versichern, daß er sich keine Sorgen machen müsse. Doch die Mutter, die er in England vorgefunden hatte, war anders als die, an die er sich erinnerte. Sie hatte allein einen Abschluß geschafft und hatte ohne sie überlebt. Joshua hatte nicht damit gerechnet, was das bedeutete. Schließlich und weil er den Streit nicht gewinnen konnte, schrieb er seinem Vater. Albert riet ihm, zum Law Centre zu gehen. Dort erzählte man ihm ohne Umschweife, daß das Haus seinen Eltern gehöre, und wenn seine Mutter es ihm nicht überlassen wolle, könnte er nichts tun.

»Wer zahlt jetzt die Hypothek?« fragte der Anwalt.

»Meine Mum«, antwortete Joshua ohne nachzudenken.

»Dann verschwendest du meine Zeit. Du mußt dein Leben selber in Ordnung bringen, anstatt dich in das deiner Mutter einzumischen.«

Dies war eine harte Wahrheit für Joshua. Er hatte ein Stipendium, um Landwirtschaft zu studieren, ein Fach, das ihn fasziniert hatte, als er nach Nigeria gekommen war. Er hatte gehofft, seine Mutter würde sich mit Anstand und Würde zurückziehen und ihm das Haus überlassen. Das Stipendium und das Einkommen aus der Miete für das Haus hätte sein Leben als Student angenehm gemacht. Selbst Moya reagierte nicht wie erwartet, als er ihr sagte, es sehe langsam so aus, als ob seine Mutter das Haus nicht aus den Händen ließe. Sie antwortete: »Nun, es ist ja auch ihr Haus.«

»Aber als ich dich kennengelernt habe, habe ich dir erzählt, ich hätte ein Haus und daß wir als Studenten dort mietfrei leben könnten. Sind wir nicht deshalb Freunde geworden?«

»Das hat teilweise die Anziehungskraft ausgemacht, ja. Aber es hat sich nicht so entwickelt. Na und? Du hast gedacht, deine Mutter würde ihre Sachen packen und gehen ... wohin? Es ist nicht immer gut, sich in unserem Alter mit einem Haus zu belasten. Um Häuser muß man sich nämlich kümmern.«

Joshua dachte, daß sie ihn auslachte. Trotzdem war er entschlossen, es ein für allemal mit seiner Mutter auszutragen.

Ein paar Tage später sah Joshua Kehinde und Mr. Gibson zusammen im Schlafzimmer. Blindlings stürzte er aus dem Haus, entschlossen, seine Mutter dazu zu bringen, sich für ihr Benehmen zu schämen.

Doch jetzt, da er mit ihr von Angesicht zu Angesicht darüber redete, schien sie darin aufzugehen. Schien es zu genießen, ihre Pflichten abzulegen. Die meisten Igbo-Frauen übernahmen gerne die Last der ganzen Familie, damit sie gebraucht wurden. Seiner Mutter war das egal. Wie konnte man mit einer Rebellin umgehen, die zufällig die eigene Mutter war? Laut rief er: »Shio, was bist du nur für eine Mutter?« Er schob seinen Stuhl heftig zurück und rannte hinaus. Das Knallen der Haustür hallte durch das alternde Haus.

Kehinde seufzte. Sie tat noch einen Teelöffel Zucker in den Tee, den sie sich gerade eingeschenkt hatte, und rührte geistesabwesend darin herum, während sie ins Leere starrte. »Mein Recht einzufordern macht mich nicht weniger zu einer Mutter und nicht weniger zu einer Frau. Wenn überhaupt, macht es mich menschlicher«, murmelte sie ihrer Taiwo zu.

Schließlich hob sie die Tasse an ihre Lippen. Sie spürte die süße Flüssigkeit durch ihr Inneres rinnen und jeden Teil erwärmen.

»Jetzt sind wir eins«, sagte die lebende Kehinde zum Geist ihrer schon lange toten Taiwo.

Glossar

abi	Fragender Ausdruck, der bedeutet »oder nicht?«
acada	Slangausdruck für einen Menschen, der auf die Universität gegangen ist, abwertend für Frauen gebraucht.
adah	älteste Tochter
agbada	Weites, traditionelles Gewand im Yoruba-Gebiet, das von Männern getragen wird.
akara	gebackene würzige Bällchen aus Bohnenmus
aso-oke	traditionelles gewebtes Yoruba-Kleid
Baba	Vater (Yoruba)
boubou	Gewand für Frauen, vor allem im Senegal, weit geschnitten, so daß es von der Schulter rutscht.
chi	Der persönliche Gott eines Menschen, gemäß dem Igbo-Glauben. Das chi eines Vorfahren kann im Körper eines Nachfahren wohnen.
ehulu	Perlen
Eko	Lagos
gburu	erniedrigende Jobs für Frauen in England
gele	Kopfschmuck der Frauen
get belle	schwanger werden
get k leg	kompliziert werden
ibeji	Zwillinge (Yoruba)

iro und buba	Umhang und Bluse, getragen von Yoruba-Frauen.
iwu akpu	Geriebene, gekochte Cassava, in leicht gesalzenem Wasser eingeweicht; ein traditionelles Igbo-Gericht.
iyabeji	Mutter von Zwillingen (Yoruba)
kererem	Vor langer Zeit
kora	Saiteninstrument, ursprünglich vom Wolof-Volk in Westafrika
lappa	Traditionelles Frauengewand, ein langes Stück Stoff, das um die Taille gewickelt wird.
make shakara	prahlen, angeben
moyin-moyin	Kleiner Bohnenlaib, der gedämpft wird und meistens eine dünne Schicht aus getrocknetem Fisch, geschnittenen gekochten Eiern usw. enthält.
na wa	es ist unangenehm, oder es ist sehr unangenehm
nne-eyime	Mutter von Zwillingen
oga	Boß, Chef (Umgangssprache)
ojugo	Fragensteller (Igbo)
onilu	Berufstrommler
otu-ogwu	Stoff, den man unter den Achseln um den Körper wickelt.
oyinbo	Weißer
oyokoyo	schöne, verantwortungslose junge Frau
palava	Diskussion, Thema, Streit
pikin	Kind, Kinder
play koto	streicheln
sebi?	Yoruba-Wort, das gleiche wie »oder nicht?«
shuku	gewebter Korb
tanda	dort bleiben

tiro	Kohl
wahala	Ärger
woli	Prophet einer charismatischen Kirche
yamutu	tot